N° 45 ROMANS POPULAIRES 20c

PROVISOIREMENT 0 fr. 25

M. Le Mière

La ferme fleurie.

3, RUE BAYARD — PARIS

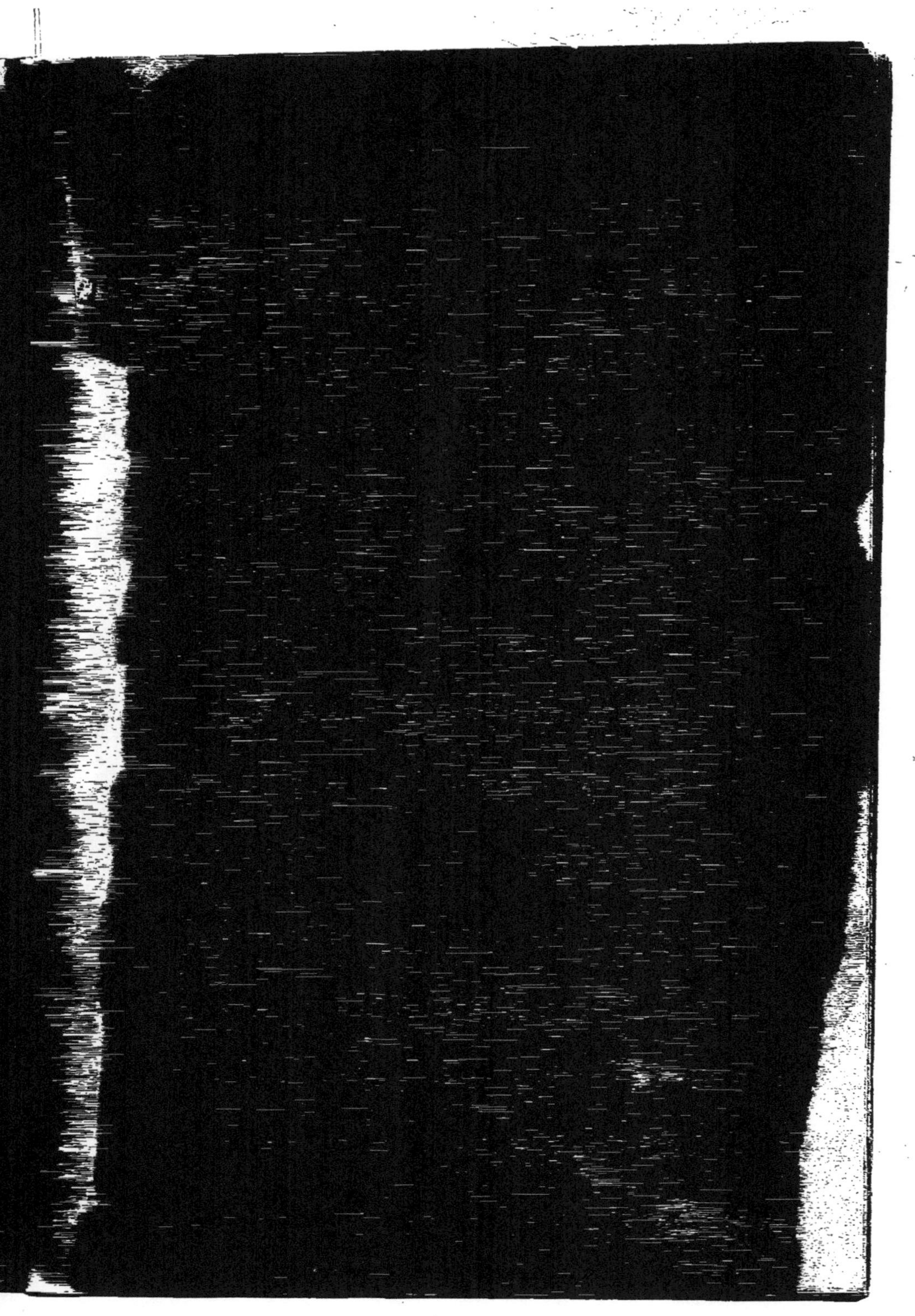

— Alors..... tu es tombée malade comme cela après la mort de Mlle Martin ? reprit Léontine. Ça se passera, ne t'affecte pas ; il faut te reposer tout à fait, manger beaucoup.....

On frappa ; Victoire insinua sa tête par l'entrebâillement d'une porte.

— Si Madame veut prendre quelque chose !.... Et vous, Mademoiselle, il est grand temps de vous coucher.

— Attends que je te déshabille, s'écria Mme Grandjean.

Hélène lui sourit sans protester : elle trouvait trop bon d'être ainsi dorlotée. Léontine tressa les beaux cheveux de sa sœur, lui passa la longue chemise de nuit, très simplement brodée, avec l'[illegible] et le respect qu'on a pour une belle robe ; puis, enlevant Hélène comme une plume, elle la mit au lit.

— Merci, répétait la jeune fille, serrant, de ses jolies mains douces, les mains rugueuses, légèrement déformées par les travaux des champs. Je me crois redevenue petit bébé ! Autrefois, tu m'as [illegible] couchée de même ; et tu me faisais jouer, courir..... Et cela t'[illegible] tant, à certains jours, que tu te fâchais quand on t'appelait à la boutique.

— Oui, répondit sourdement Léontine, c'était le bon temps.

Elles continuèrent d'évoquer les vieux souvenirs, tandis que Mlle Faverge, adossée à ses oreillers, soupait, comme tous les soirs, d'un bouillon et d'un œuf à la coque. Mme Grandjean avait tiré de son panier une motte de beurre frais, apportée de chez elle ; elle avait arrangé la tartine, coupé les mouillettes. Sa voix forte, [illegible] par l'accent du terroir, prenait, en s'adressant à la jeune fille, des intonations caressantes. Bientôt Hélène, tout en gardant son air de béatitude, ne répondit plus que par monosyllabes, et, peu à peu, elle s'endormit.

Le lendemain matin, dès 6 heures, un appel d'Hélène fit accourir Mme Grandjean, qui, d'ailleurs, était déjà sur pied. Elle apparut en jupon court, ses innombrables tresses pendant sur son [illegible] de nuit.

Après l'effusion du bonjour, l'entretien de la veille se renoua. Léontine, qui n'avait pas dormi du tout, semblait [illegible] ; elle interrogeait avec volubilité Hélène sur la pension, sur Mlle [illegible]. La jeune fille ne se faisait pas prier pour causer.

Brusquement, elle s'arrêta.

— Mais tu ne me parles pas de toi, Léontine ! Tu ne me donnes pas de nouvelles des tiens.

— Tout le monde va bien ; merci.

Elle s'éloigna du lit où elle était restée appuyée, et se mit à faire sa toilette devant la glace de sa sœur. Ses magnifiques cheveux [illegible] l'enveloppèrent jusqu'à la ceinture.

Mlle Faverge n'est certainement pas une malade [illegible] ; mais c'est une malade nerveuse, et les impressions influent extrêmement sur son état physique. D'ailleurs, en cette âme très simple, très jeune, très naïve, trop longtemps comprimée, la joie devient facilement exubérante. Hélène n'a voyagé que deux fois : quand elle est entrée à la pension et quand elle en est sortie. Faut-il s'étonner qu'elle tombe en extase devant tout ce qu'elle aperçoit par le cadre de la portière ?

— Léontine, je t'assure que je suis déjà guérie !

— Tant mieux.

La fermière a continué de se montrer laconique sur ce qui la touche personnellement, et sa petite sœur le regrette. Comme la plupart de ceux dont la vie est absorbée par les travaux rudes et les préoccupations matérielles, Mme Grandjean est malhabile à raconter et à décrire.

— Dire que je ne connais ni ton mari ni tes enfants ! dit Hélène. C'est incroyable... Au fait, quel âge a-t-il maintenant, ton mari ?

— Quarante-sept ans... Seize ans de plus que moi, répondit Léontine, les sourcils durement tendus au-dessus de ses yeux qui regardaient très loin.

— Tu m'écrivais, à l'époque de ton mariage, qu'il avait l'air encore tout jeune.

— Il a bien vieilli depuis.

— Et son fils ? et sa fille ? Quel genre ont-ils au juste ?...

— Est-ce que je peux t'expliquer, moi ? Tu les verras.

Pendant le voyage, elle n'a cessé de témoigner à Hélène une sollicitude de mère ; mais l'institutrice [illegible] qu'elle éprouve la rend de plus en plus muette, à mesure qu'elle approche du but ; quelque chose se serre autour de sa poitrine... Qu'a-t-elle fait ? Elle voudrait presque, maintenant, retourner en arrière ; il est trop tard.

Et que pourrait-elle faire ? Cette petite, faudrait-il donc l'abandonner dans un état pareil ? Léontine la voit, en ce moment, réfugiée au coin de la banquette, la figure tirée, les mains [illegible] sur son journal. La fatigue se fait sentir, la réaction s'opère ; depuis près d'une heure, le joyeux babil s'est tu. On traverse d'immenses [illegible] où serpente une large rivière, et la tête d'Hélène tressaille douloureusement au vacarme du train sur les ponts métalliques. [illegible] que Mme Grandjean se lève d'une secousse, ajuste son [illegible], rassemble les reliefs du repas et les range dans son panier. La machine ralentit, s'arrête... Les employés crient :

— Chef-du-Pont.

— Hélène, dors-tu ? fait Léontine en touchant sa sœur à l'épaule.

Mlle Faverge soulève ses paupières.

— Non, j'ai la migraine.

Elle sauta lestement, prit le cheval par la bride et le fit entrer dans la cour. Tout à coup, des aboiements féroces retentirent ; deux chiens énormes, s'élançant des tonneaux fichés en terre où, par bonheur, ils étaient enchaînés, saluaient ainsi l'arrivée des voyageurs.

— Allez coucher..... Allez coucher ! ordonna la fermière.

Le garçon de l'auberge avait sauté à son tour ; il maintint le cheval, tandis que Mme Grandjean tendait les bras à la jeune fille pour la faire descendre.

— Prends garde aux chiens, Hélène ! insista Léontine en la voyant s'éloigner de la carriole. Ne va pas de leur côté..... Entre par ici.

Hélène, en proie à une vague sensation de cauchemar, demeurait immobile à quelques pas du seuil. On eût dit qu'elle ne pouvait plus se résoudre à le franchir. Elle regardait la façade fleurie — bien maigrement, à la vérité ! — d'un rosier presque mort, dont la seule branche verte s'allongeait entre une lucarne et une fenêtre à meneaux. Les ouvertures étaient rares et distribuées sans régularité. La tour, d'une teinte plus sombre que le reste du bâtiment, semblait n'être éclairée que par une meurtrière ; sa grosse porte cintrée, renforcée par des traverses de bois brut, lui donnait un air rébarbatif. Et quelle solitude ! Léontine, ayant jeté un coup d'œil à l'intérieur de la maison, évidemment déserte, redescendait vers les communs quand Hélène vit surgir, d'un angle ténébreux, un enfant qui balançait, à bout de bras, deux seaux vides..... Un enfant ou un homme ? On ne pouvait, à dix pas et dans le crépuscule, assigner un âge à ce petit être contrefait, claudicant, dont la tête aux cheveux incolores se tourna vers Mme Grandjean avec une expression hébétée.

— Corentin, dit la fermière, où est maître Auguste ?

— Ils ne sont pas rentrés, bredouilla le valet. Ils sont à [illegible] à ce soir.

Il regardait vaguement Hélène et la voiture ; sans ajouter un mot, il se dirigea vers le puits, abrité par un toit que soutenaient des tiges de fer rouillé, agrémentées de volutes.

— Entre donc, Hélène, répéta Mme Grandjean.

A peine avait-elle articulé ces mots que Mlle Faverge la vit pâlir. Par une petite barrière, ouverte à l'opposé de celle qui avait livré passage à la carriole, quelqu'un pénétrait dans la cour : un grand paysan sec et maigre, poussant une brouette pleine de terreau.

Il était vêtu d'un pantalon bleu et d'un tricot brun ; sa poitrine haletait. En apercevant Léontine, il s'arrêta court.

— Ah ! fit-il sourdement, te voilà revenue.

— Oui, répondit Mme Grandjean, les traits pincés, et pas toute seule.

Mais déjà l'homme avait reculé, comme frappé en plein cœur.

Mon Dieu, mon Dieu ! que signifiait cela ? Où était Hélène ?

Qu'allait-elle devenir ? Voyait-elle réellement ce grand visage glabre se décomposer d'une façon effrayante, ces yeux décolorés, voilés, se fixer sur Léontine avec une expression que rien ne saurait décrire ? Entendait-elle Mme Grandjean expliquer, du même ton péremptoire :

— J'ai amené ma sœur, elle n'a plus que moi ; elle est malade, elle va rester ici..... Pour les arrangements, on verra.

Hélène, éperdue, voulut se détacher de Léontine, faire un pas, dire quelque chose : elle ne le put. Des sons de cloches bourdonnaient à ses oreilles, elle croyait sentir une eau froide lui couler sur tout le corps.

Auguste Grandjean, à la déclaration de sa femme, avait simplement répondu, après une pause :

— Bien.

— Il s'agit, à cette heure, de lui donner un lit et de la faire souper, continua la fermière.

Son mari, qui s'éloignait déjà, au roulement de la brouette, se retourna en disant :

— Tu sais où il y en a, des lits, et, pour ce qui est de la soupe, elle doit être sur la table.

— Hélène, qu'est-ce que tu as ? s'écria Mme Grandjean, effrayée.

Pas d'autre réponse que deux ou trois battements des cils noirs. La jeune fille glissait à la renverse, complètement évanouie.

. . . .

Elle rouvrit les yeux sous des clartés falotes, remuant sur des étoffes sombres qui retombaient autour d'elle en plis épais. Son bras s'allongea, rencontra un mur. Une odeur de fumée — cette odeur qui imprègne les intérieurs champêtres où l'énorme cheminée, bourrée de fagots, joue un rôle prépondérant — causait à la malade une singulière oppression. Peut-être aussi ce genre de malaise était-il dû à la sensation de manquer d'espace, d'être enfermée comme dans une boîte. Elle essaya de se soulever et vit le ciel du lit à deux doigts de sa tête. Quel lit ! si haut perché, qu'Hélène se demandait comment elle pourrait jamais en sortir. Le visage de Léontine apparaissait au niveau de la couverture, dans l'écartement plus que discret des rideaux de serge.

— Te voilà mieux, dit Mme Grandjean. Il faut prendre quelque chose.

Mlle Faverge retira soudain, avec une petite plainte, son bras gauche où Léontine, par mégarde, avait appuyé le bout des doigts.

— Il est tout noir, reprit la fermière ; je vais te soigner ça ; je sais bien ce qu'il faut : des compresses vinaigrées.

La jeune fille n'écoutait pas ; elle murmura, de sa voix faible qui s'étouffait si bizarrement dans l'alcôve bourrée de plumes :

chargé de tous les parfums des sèves montantes et des pommiers en fleurs envahissait comme un torrent l'alcôve dont les rideaux se gonflaient et semblaient s'alléger. Hélène sentait autour d'elle l'immensité libre, les champs, les prairies et les bois ; elle avait l'impression d'être seule en pleine nature avec cette Léontine qu'elle ne pouvait pas étudier en ce moment, et dont l'affection dévouée suffisait à lui procurer un bien-être indicible.

Elle ne questionnait plus ; elle ne parlait guère. Se laissant vivre, ou mieux végéter, sans compter les heures, sans évoquer l'avenir, elle s'avoua bientôt, cependant, qu'il lui manquait une chose..., une chose que son regard à peine conscient avait inutilement cherchée.

Un soir, comme Mme Grandjean, la devinant anxieuse, l'interrogeait, Hélène répondit :

— Je voudrais faire ma prière devant un crucifix ou une image pieuse. Il n'y en a pas dans la chambre.

La jeune femme, à son tour, regarda de tous côtés.

— Mais si, répondit-elle enfin.

Elle monta sur une chaise, leva le bras pour atteindre la tablette de la cheminée. Une petite Vierge en faïence, du modèle le plus rustique, se trouvait là, toute noire de poussière, reléguée entre une pile de vieux almanachs et les débris d'une lanterne. Mme Grandjean prit la statuette, souffla dessus, l'essuya du coin de son tablier et vint la présenter à Hélène en disant :

— Elle n'est pas bien jolie, mais c'est tout ce que j'ai à t'offrir.

Le lendemain, à la même heure, Hélène, qui se sentait décidément mieux, somnolait au bruit monotone d'une ondée, quand elle entendit frapper discrètement à sa porte....

— Entrez, répondit-elle.

— Je ne vous dérange pas? fit une voix douce.

Et Mlle Faverge vit apparaître une fille très blonde, tellement grande, tellement maigre qu'elle semblait être gênée par sa taille et n'avoir pas la force de la soutenir. Ses épaules se voûtaient légèrement sous le corsage d'indienne déteinte. Ses yeux bleu pâle, à fleur de tête, s'ouvraient dans un visage fané, aux traits assez fins.

— Je vous demande pardon, continua-t-elle ; j'ai dû laisser là mes ciseaux.....

Puis, s'approchant, timide :

— Comment allez-vous?

— Beaucoup mieux, je vous remercie ; qui êtes-vous? dit Hélène en souriant, de ce sourire qui était un charme.

— Angélina Grandjean.

— Vous ne voulez pas me donner la main? fit Hélène, dont le geste amical, tout spontané, n'avait pas encore eu de réponse.

La belle-fille de Léontine s'avança, très rouge, jusqu'au bord du

bouche, causèrent à la pauvre Hélène une telle impression d'allègement qu'elle fut sur le point d'en pleurer.

— Alors, vous voulez bien de moi...., tout de bon? s'écria-t-elle. Oh! merci, merci!

— Il n'y a pas de quoi.

Sur ces mots, il se dirigea du côté de la barrière.

Pendant tout ce dialogue, l'homme brun avait continué son travail ; il s'était à peine détourné à l'approche de Mlle Faverge, pour porter brièvement la main à sa casquette. Soudain, il se dressa, et, d'une voix dont la sonorité frappa Hélène, il interpella le fermier qui sortait de la cour :

— Ne restez pas trop longtemps au petit pré ; il faut que nous soyons à 10 heures au clos de la Bijude, pour les panais.

— Bon, répondit laconiquement maître Auguste.

De son allure lourde, lente, lassée, il s'éloignait dans l'ombre d'un chemin creux. Hélène ouvrait des yeux immenses : ainsi, dans cette ferme, les jeunes commandaient aux vieux, et les serviteurs aux maîtres? Elle avait fini par s'asseoir sur la margelle du puits ; autour d'elle, des poules picoraient, entraînant leurs couvées piaillantes. Hélène s'amusait à suivre les ébats des poussins ; elle regardait le ciel bleu, où les pommiers arrondissaient leurs dômes roses. L'inconnu, ayant achevé de casser son bois, s'était dirigé vers l'écurie ; présentant en plein soleil son visage basané, au type caractéristique, il examinait un cheval que Corentin, le valet difforme, venait de faire sortir.

Une porte de l'étable s'ouvrit bruyamment. Léontine apparut :

— Comment, tu t'es levée? s'écria-t-elle. Tu n'as pas peur de te trouver mal?

— Je me trouve très bien, au contraire..... Mais, dis-moi, chuchota Hélène avec un regard discret vers le jeune homme brun, quel est celui-là?

— C'est Bernard, ni plus ni moins.

— Bernard Grandjean, ton beau-fils? Vraiment, murmura Mlle Faverge.

Puis elle acheva, sans pouvoir s'en défendre :

— C'est donc lui qui commande ici ?

— Ah! ça t'étonne? ricana Léontine ; tu en verras bien d'autres.

Hélène continuait d'étudier de loin Bernard, sans arriver à définir en quoi cette physionomie, cette allure, s'imposaient ainsi à l'attention. Elle se disait encore que, pour être courtois, il eût dû la saluer de façon moins sommaire.

..... Ce jour-là, vers midi, la fermière, qui cherchait sa sœur, la trouva dans un clos derrière la ferme. Voulant réfléchir à l'aise, se sentant, d'ailleurs, incapable de travailler, Mlle Faverge avait pris

— À ton âge.

Ils commencèrent à manger sans rien dire.

— Mais, fit tout à coup Hélène, heureuse de trouver un prétexte pour rompre le silence, nous ne sommes pas au complet.

— Comment ça? répliqua la fermière.

— Il y a encore un M. Grandjean..... celui que je n'ai pas vu.....? ton beau-père, Léontine.

A peine eut-elle articulé ces mots qu'elle crut sentir un froid glacial pénétrer dans la pièce..... Qu'avait-elle donc dit de si extraordinaire? Pourquoi ces lèvres muettes, ces faces figées? À sa grande surprise, ce fut maître Auguste qui parla le premier, expliquant d'une voix rauque :

— Il n'est pas en état de descendre..... On lui porte son dîner chez lui.....

Le regard clair de la jeune fille s'appuya fortement sur celui du fermier. Le vieillard n'était pas impotent, puisqu'il allait et venait pendant la nuit..... Le cœur d'Hélène se serrait cruellement. Elle se demandait maintenant si ces gens qui l'entouraient, qui l'hébergeaient, étaient capables d'une ingratitude révoltante et barbare, d'une de ces iniquités que le ciel punit dès ce monde.

Jamais Mlle Faverge n'aurait imaginé pareil repas! Quel silence! Était-il dû aux incidents qu'elle avait soulevés sans le vouloir ou bien les Grandjean se taisaient-ils uniquement parce qu'elle était là? Les chocs brutaux de la grosse horloge retentissaient lourdement dans la poitrine d'Hélène. Soudain, Bernard se pencha par-dessus la table pour jeter un coup d'œil au cadran qui luisait, rose des reflets du feu, dans sa guirlande de fleurs peintes.

— Tâchons de nous presser, articula le jeune homme ; nous n'avons qu'une demi-heure.....

Les derniers mots se perdirent dans un bruit de vaisselle cassée : Léontine, qui desservait, par mouvements saccadés, venait de laisser tomber une assiette sur le carreau.

— Tu pourrais bien laisser faire Angélina, puisque tu n'as pas fini de manger, remarqua simplement le fermier, de sa voix monotone.

— Quand on est si pressé, il y a toujours de la « casse », riposta Léontine, qui balayait rageusement, vers la cheminée, les débris de la faïence ; Angélina le sait encore mieux que moi.

— C'est bon, c'est bon, murmura son mari, aplati contre le mur, je ne te fais pas de reproches.

— Il ne manquerait plus que ça ! répliqua-t-elle, accentuant vicieusement les syllabes.

Un grondement sourd s'étouffa dans la gorge de Bernard ; ses prunelles flamboyèrent. Il se contint au prix d'un effort terrible qui gonfla les veines de ses tempes. Hélène était devenue très pâle.

les veaux, les porcs et les volailles, ce qui ne l'empêche pas de se rendre aux champs et d'y manier des outils qu'Hélène croyait réservés aux bras masculins. Angélina, chaque jour, reste si longtemps courbée sur ses casseroles, ses raccommodages et ses fers à repasser, que Mlle Faverge ne s'étonne plus des épaules voûtées de la pauvre fille. Quant aux hommes, ils ne mettent le pied à la maison que pour manger ou dormir, et ils rentrent pâles, vacillants, trempés de sueur et quelquefois de pluie.

Depuis qu'Hélène est chez eux, elle n'a encore aperçu d'autre employé que le malheureux Corentin. A-t-on vraiment intérêt à réduire ainsi le personnel? D'ailleurs, les Grandjean sont-ils pauvres? Elle ne le croit pas. La nourriture est abondante et bien préparée ; le linge déborde des armoires. Ainsi pense la jeune fille en rangeant et en époussetant, ce matin, le petit cabinet qu'elle habite encore. Pendant que son plumeau voltige, elle fredonne instinctivement, comme l'oiseau chante ; dans l'embrasure de la fenêtre sont suspendues quelques photographies, pâlies par le temps et par le soleil, et Mlle Faverge se prend à les examiner.

Un souffle près de son oreille la fait sursauter : Angélina, qui était entrée sans bruit, se tient derrière elle.

— Ah ! murmure la fille de Grandjean, vous regardez mon portrait ?

— Votre portrait ? répète Hélène, croyant à une plaisanterie.

— Oui, c'est moi ; voilà ce que j'étais à dix-sept ans..... Cela vous étonne ?

En effet, Mlle Faverge n'en revenait pas ; elle rapprochait de ses yeux le petit cadre de peluche fanée où souriait une image attrayante et pimpante ; elle observait la mise, d'une coquetterie naïve, le médaillon serti dans les dentelles de l'encolure basse..... Puis elle regardait Angélina et ne savait que dire.

— C'est votre frère, je crois, fit-elle, désignant le portrait d'un grand adolescent aux yeux de flamme..... Il ne vous ressemble pas..... Vous n'avez pas non plus le même caractère. Vous, Angélina, vous êtes très douce, et lui.....

— Lui ? Eh bien ? questionna Mlle Grandjean, qui reprenait peu à peu sa physionomie habituelle.

— Mon Dieu ! je vous le dis franchement : la douceur ne me paraît pas être sa vertu dominante.

Les lèvres d'Angélina tremblèrent un peu ; elle fut sur le point de ne pas protester ; puis, tout à coup :

— Ne le blâmez pas, répondit-elle d'une voix à peine distincte. Je ne sais pas ce que nous deviendrions sans lui.

Et, plus courbée que jamais, elle regagna sa cuisine. Hélène, toujours prompte à la sympathie, se sentait décidément portée vers cette

[illegible]

[illegible] de bonne heure et ne tarda pas à voir [illegible] [illegible] [illegible]

[illegible] d'une inquiétude vague ; mais [illegible] dans la douceur du cœur à cœur [illegible] [illegible]

— Que voulez-vous que je fasse pour vous ramener [illegible] Parlez, Seigneur, parlez!

[illegible] cimetière, d'où elle vit s'éparpiller, dans les creux de verdure, les groupes de blouses [illegible] [illegible] qui s'en allait, [illegible]

— [illegible] Madame, fit Hélène ; pourriez-vous m'indiquer où se trouve le dépôt de pain?

[illegible]

— [illegible]

— En effet, [illegible] Hélène.

— [illegible] (1)

[illegible] envers la curiosité d'une personne qui, sans doute, [illegible]

— J'y [illegible] tant qu'on voudra bien m'y garder.

[illegible]

— [illegible] (2) que vous êtes venue là?

[illegible] Hélène [illegible]

(1) [illegible]
(2) Pourquoi?

dire, comme des sourds-muets ou comme des fiancés! Ayant un peu réfléchi, Hélène se décida pour cette phrase anodine :

— Je crois qu'il y aura des pommes.

— Au moins quelques-unes, répondit Bernard.

« Il a l'air de se moquer de moi », pensa Hélène.

Et, décidée à ne plus s'occuper de lui, elle remonta, d'un geste vif, l'écharpe de lainage blanc dont elle avait enveloppé ses épaules pour se préserver de la fraîcheur du marais. Il apparaissait tout lumineux, du haut de la côte extrêmement raide que la voiture allait descendre. Les dernières brumes se déchiraient en longs filaments teintés d'or, s'enroulaient, s'enlevaient au-dessus de la Douve dont elles estompaient encore les rives ; l'eau et la vapeur se confondaient en un éblouissement doux. Au loin, le bourg, accroché à sa hauteur, étincelait par toutes ses fenêtres. Hélène eut une exclamation involontaire :

— Que c'est joli!

— Vous êtes très sensible aux beautés de la nature, Mademoiselle.

— Eh bien! et vous? riposta la jeune fille, froissée par l'accent.

— Moi? beaucoup moins..... C'est heureux, car je n'aurais guère de temps pour la contemplation.

Hélène recula tout au bout du banc ; décidément la conversation était impossible avec un homme si peu sociable! Bernard serra la mécanique, et la voiture descendit à fond de train.

Mlle Faverge porta les deux mains à son chapeau, secoué par un vent impétueux..... Elle n'avait pas peur : ce Bernard, il fallait bien le reconnaître, conduisait avec une maestria superbe, il faisait ce qu'il voulait d'un cheval qui, entre les mains d'un autre, eût pris le mors aux dents. La carriole dévalait, à une allure vertigineuse qui causait à la jeune fille une véritable griserie, une impression d'envolement. Au bas de la pente, le jeune homme diminua peu à peu la vitesse pour s'engager, avec une habileté impeccable, à travers l'encombrement des voitures qu'il dépassait toutes. On atteignait une sorte de faubourg que limitait un pont construit sur le canal. Tout à coup, Hélène poussa un petit cri en sentant un souffle chaud sur sa nuque ; elle se retourna et vit la tête d'un veau à deux pouces de son visage.

— Elles vous gênent bien, ces bêtes-là, fit Bernard, écartant l'importun.

— Pas du tout, protesta Mlle Faverge poliment ; mais je n'y pensais plus..... J'ai été surprise.

— Je regrette de ne pas pouvoir vous offrir un équipage plus élégant ; mais quand on vient habiter une ferme, Mademoiselle, il faut s'attendre à vivre au milieu des animaux.

Le ton était cinglant.

— Comme il fait clair ici !

Oui, il faisait clair dans ce salon modeste, mais si frais, si harmonieux, où le soleil se jouait parmi les mousselines de la baie haute et large ; il faisait clair dans les yeux bleus, parfaitement limpides, auxquels la jeune fille n'était point tentée de dérober les siens.

Ayant posé à Mlle Faverge un petit nombre de questions très précises, le docteur conclut :

— Oui, c'est ce que je croyais. Point n'est besoin de procéder à une auscultation compliquée, je vois très bien votre cas. Ne vous inquiétez pas, Mademoiselle. Évidemment, à l'heure actuelle, ce séjour à la campagne est ce qu'il y a de meilleur pour votre santé..... Pour votre santé, répéta involontairement Germain en tourmentant sa moustache..... La Ferme Fleurie est située sur une éminence et l'on y jouit d'un air pur.....

Hélène ne saisit point la mimique discrète, mais éloquente, échangée, un peu en arrière, entre les deux dames. Charlotte, avec l'intuition de certaines natures particulièrement profondes, devina qu'un embarras allait se produire.

— C'est bien la pleine campagne, intercala-t-elle, et le changement de décor est complet puisque Hélène vient de Rouen !

— Ah ! vous habitiez Rouen, Mademoiselle ? s'exclama le jeune homme. Une ville des plus intéressantes au point de vue de l'art....., de l'art religieux surtout.

— Oui, un beau livre où, par malheur, je ne pouvais lire couramment, avoua Hélène avec sa candeur charmante. J'étais assez instruite pour sentir que c'était merveilleux, mais trop ignorante pour suivre, dans les œuvres, la pensée des auteurs, et je vous assure que j'en souffrais.

— Si vous avez senti, c'est déjà énorme, remarqua Germain Croizier en souriant. Le but principal de l'art, c'est d'émouvoir, d'élever l'âme..... Quelle église préfériez-vous ?

— J'aimais beaucoup la cathédrale, parce qu'elle était ma voisine, et c'est elle qui frappe le plus, au premier coup d'œil..... Mais Saint-Ouen..... Oh ! Saint-Ouen !..... Il me semble qu'on ne peut voir rien de plus parfait sur la terre..... Rien n'y manque..... Tout s'enchaîne..... Je ne sais pas m'expliquer, interrompit-elle avec un petit coup de tête.

— Vous vous expliquez très bien et vous avez très bon goût, protesta le docteur. Saint-Ouen est le type du style ogival parvenu à son développement complet.....

Hélène et Germain étaient partis !...

Ils causaient, causaient, se livrant sans réticence à la joie haute de deux intelligences qui se pénètrent spontanément. Mme Arnaud n'était pas assez sûre du terrain pour s'y aventurer. Charlotte n'osait

— Quelle que soit la situation, reprit Mlle Faverge, étreinte par une angoisse inexprimable, elle ne t'autorise pas à te conduire de la sorte. Tu as pourtant du cœur, j'en suis sûre, moi..... Comment alors peux-tu rendre aussi malheureux un mari qui t'aime? Car il t'aime.....

— Ah! vraiment! se récria Léontine avec un sursaut farouche. Il me l'a bien prouvé! Moi, qui le priais à mains jointes, ajouta-t-elle, réellement égarée, moi qui lui répétais : « Allons-nous-en! Si nous restons maintenant, tu sais ce qu'on va dire! » Et il est resté malgré moi parce que son garçon l'a voulu! Il n'y a que Bernard pour lui..... Moi, je ne compte pas..... Aussi je me demande ce qui me retient ici..... Pourquoi y suis-je venue, dans cette maison de malheur!

Des clartés vagues, sinistres, tourbillonnaient dans l'esprit d'Hélène ; elle garda néanmoins toute la fermeté de son accent pour répondre :

— Si le malheur y est entré, ce n'est pas la faute d'Auguste, probablement..... Et quand ce serait sa faute, tu n'aurais pas le droit de le traiter comme tu le fais. Ton devoir est de l'aider à porter ses misères au lieu de les rendre plus lourdes! Quand on se marie, c'est pour le meilleur et pour le pire..... Tu ne pratiques plus, ma pauvre Léontine, mais je ne puis pas croire que tu aies perdu la foi. Cet homme-là, tu t'es donnée à lui devant Dieu.....

— Ah! si j'avais su ce qui arriverait! lança la femme de Grandjean avec un geste intraduisible. D'abord, j'ai été ridicule d'épouser, à vingt-quatre ans, un homme de quarante, un veuf qui avait des enfants « de l'âge »..... J'aurais bien dû penser que je ne serais pas maîtresse chez moi..... Mais la position me plaisait assez, je n'avais pas de fortune, j'avais peur de rester fille.....

— Tais-toi, interrompit sa sœur, dont l'âme se déchirait, s'il allait t'entendre! C'est horrible. Tu avoues que ton mari t'a tirée de la gêne, et voilà ta reconnaissance!..... Tu ne sais pas ce que tu dis! autrement.....

— Ne me parle pas de ce que j'ai gagné en entrant dans cette maison-là! siffla Léontine exaltée à faire peur. Ne m'en parle pas..... je te dirais ce que j'y ai perdu! Et tu m'en as fait déjà trop dire. Va-t'en!

Brusquement, elle oscilla, s'écroula sur une sellette, se prit la tête à deux mains, et la jeune fille, toute saisie, la vit secouée de sanglots véhéments. Alors Hélène ne fut plus que tendresse et pitié.

— Ma pauvre Léontine, ma pauvre amie! répétait-elle doucement, enlaçant les robustes épaules.

La jeune fille frissonnait ; des mots étaient près de ses lèvres, les brûlaient.

la foudre aurait pu tomber sur moi sans me faire de mal, parce qu'il était là..... Elle est tombée.....

Mlle Grandjean sentit se resserrer l'étreinte d'Hélène, et poursuivit après un sanglot plus long :

— Elle est tombée..... Et je n'ai pas douté de lui! Seule je suis restée ferme, en me disant qu'il sauverait tout, que son mariage avec moi serait notre triomphe. La vérité! j'ai mis des mois à la comprendre, tant j'étais aveugle..... Et un jour j'ai appris qu'il en épousait une autre..... Je l'aimais, répéta Angélina d'une voix à peine distincte..... J'avais sa parole..... Et il m'a abandonnée dans mon malheur.

Soudain, elle s'écarta d'Hélène et, la dévisageant d'un air presque effrayé, à travers ses pleurs :

— Pardon de vous avoir parlé de cela..... Je suis ridicule..... Je ne sais pas ce qui m'a prise.....

Ah! ce qui l'avait prise, c'était l'ineffable bonté d'une âme candide..... C'était le charme des charmes, qui ouvre irrésistiblement les cœurs les plus fermés.

— Parlez-moi tant que cela vous fera du bien, dit Mlle Faverge, pleurant avec elle. Si vous saviez comme je vous plains! Oui, ma pauvre amie, vous êtes trop malheureuse, parce que, dans votre douleur, vous n'allez pas à Celui qui console. L'amour que vous avez perdu n'est rien auprès d'un autre, qui appelle à lui tous les blessés de la vie. Celui-ci ne trompe pas; il nous reste quand tout nous abandonne. Mais voilà..... voilà. Vous avez délaissé l'église, et, depuis des années, il ne s'est trouvé personne pour vous parler de Dieu.....

Mlle Grandjean ne répondit rien. Son immobilité fit presque peur à Hélène. S'emparant de la main maigre qui reposait sur les genoux, la petite apôtre insista :

— Angélina, si vous vouliez prier?

— Je ne sais plus, fit la désespérée en hochant la tête.

Lentement, automatiquement, elle reprit son ouvrage, puis, au bout d'un instant, attachant sur Hélène un regard indéfinissable, elle dit :

— Priez pour moi, vous.....

Oh! oui, Hélène prierait pour celle qui ne voulait pas être consolée..... Cette morte vivante que nulle puissance humaine ne ressusciterait. Navrée, confondue par cette lamentable histoire, bouleversée par le mystère qui venait de la frôler encore à travers les réticences de la malheureuse fille, Mlle Faverge gardait un silence éloquent, lorsque la barrière grinça sous la pluie qui, maintenant, tombait en déluge. Un pas lourd retentit. Aussitôt, Hélène quitta sa chaise et s'envola vers la porte. Ne fallait-il pas que celui qui rentrait fût accueilli d'un sourire au seuil de sa maison?

— L'eau vous [illegible], maître Auguste, lança la voix fraîche. Vous voilà tout mouillé.

Maître Auguste! Comme elle disait cela gentiment, et d'une façon qui n'appartenait qu'à elle! Un incident avait amené, sur les lèvres d'Hélène, l'appellation campagnarde, adoptée depuis lors sans que personne protestât. La jeune fille, en parlant à son beau-frère, ne savait trop d'abord sous quel vocable le désigner et usait de circonlocutions pour éviter l'embarras du choix. Un jour, elle risqua un « Monsieur » qui fit dresser l'oreille au fermier. Il protesta :

— Je ne suis pas « Monsieur », je suis Auguste.

— Oh! je n'oserais pas vous appeler comme cela, moi, une petite fille de dix-huit ans! Vous pourriez être mon père..... Tenez, fit-elle tout à coup, d'un air décidé, je dirai « maître Auguste », à la mode du pays.

— Comme vous voudrez.

— Seulement, c'est à la condition que vous me direz Hélène.... Vous entendez?

— Oui, oui, répondit sourdement Grandjean qui cherchait il ne savait quoi dans les profondeurs du bûcher.

Bien persuadée maintenant qu'il n'était point hostile, elle ne craignit plus de se rapprocher de lui ; sans parvenir à le décider ni à le faire causer, elle s'apercevait parfois qu'il la regardait longuement, qu'il l'écoutait même.....

Seul, Bernard ne désarmait pas.

Autant que possible, il faisait semblant d'ignorer la sœur de sa belle-mère ; le reste du temps, on eût dit qu'il s'étudiait à n'avoir jamais pour Hélène la moindre attention, la moindre complaisance. Elle, d'ailleurs, n'aurait même pas eu la pensée de lui demander un service et s'interdisait d'aborder ce personnage inabordable. C'était donc, entre eux, la paix armée. Mlle Faverge n'en faisait pas moins, à distance respectueuse, certaines observations qui éclairaient peu à peu, pour elle, le rôle du jeune homme dans la maison. Si Bernard avait la haute main sur tout, commandait à tous, joignant d'ailleurs l'exemple au précepte et peinant invraisemblablement, c'est que le fermier était réduit à un état de dépression qui le rendait incapable de toute initiative et lui enlevait même, souvent, la mémoire des détails.

Cependant Hélène se mêlait de plus en plus à l'activité de son entourage. L'ordonnance du Dr Crozier, jointe à l'air des champs, commençait à faire merveille. Les accès de fièvre s'espaçaient, les forces revenaient avec l'appétit. La jeune fille, toujours prête à courir où on voulait bien l'envoyer, s'offrait pour faire les commissions au village. Elle s'en allait nu-tête, sans même ôter son tablier mignon qu'elle avait le secret de ne jamais salir. L'épicerie Martin, où l'on

revêt pour se sauver du feu, apparaissaient devant Hélène et son compagnon inattendu.

— Miséricorde! Comment a-t-il pu passer par là? répétait Mme Grandjean n'en croyant pas ses oreilles. Et tu dis qu'il n'a pas de mal?

Elle examinait d'un air inquiet son beau-père, dont l'haleine était plus bruyante que de coutume et dont la face exsangue se couvrait de sueur. Il y avait du bon, malgré tout, chez cette femme aveuglée, aigrie, cette âme révoltée contre une épreuve épouvantable que la religion seule eût pu l'aider à supporter.

Le vieux Nicolas ne répondait rien ; toujours tremblant, le regard absent, il s'affaissait à demi contre l'extrémité de la rampe. Auguste et Angélina, après quelques exclamations incohérentes, tournaient sur place, dans un silence de stupeur. Enfin le fermier alla vers la cheminée, décrocha, dans un coin, une énorme clé et dit :

— Venez, mon père.

Le vieillard se laissa emmener par son fils ; les trois femmes les virent disparaître ensemble dans les ténèbres de la cour, où la lanterne allumée par Auguste jetait, çà et là, des clartés rougeâtres. Elles entendirent le fermier répondre aux questions de Bernard, que le bruit avait fait sortir de l'écurie, où il gîtait en compagnie de Corentin.

— Comment ne s'est-il pas cassé bras et jambes? s'exclamait Léontine, très agitée. Comment a-t-il pu se reconnaître à tâtons là-dedans? Comment, surtout, a-t-il eu la force de faire une chose pareille? L'escalier qui va de la tour dans les combles est en ruines, la première des marches qui restent se trouve à une hauteur !.... Non, ça n'est pas possible..... Et pourtant il faut bien le croire ! Puisqu'il nous joue de ces tours-là, on va mettre un cadenas à la porte de l'escalier, pas plus tard que demain..... Mais qui est-ce qui aurait pensé..... Qui est-ce qui aurait pensé.....

— On peut s'attendre à toutes les imprudences de la part d'un homme qui ne jouit pas de ses facultés, observa Hélène, quand Mlle Grandjean eut regagné son réduit.

— Dis donc, si tu allais te coucher? proposa Léontine d'un ton rogue.

— Pas avant de t'avoir fait remarquer une chose : M. Grandjean est très vieux, et pendant ces nuits qu'il passe dans la solitude, privé de communication avec vous autres, il peut lui arriver malheur sans que vous vous en doutiez!

— Il se porte mieux que toi, riposta la fermière. Et puis, installe donc une personne avec lui dans la tour, et va voir s'il fermera l'œil seulement! Entre deux risques, il faut choisir le moindre.

— Malgré tout son désir de s'expliquer mieux l'incompréhensible

— Vous vous en irez.

— Non, articula fermement la sœur de Léontine, je ne m'en irai pas ; je ne m'en irai jamais.

Alors, les grands yeux pâles se rouvrirent ; les lèvres murmurèrent, avec un demi-sourire d'attendrissement et d'incrédulité :

— Petite Hélène !

C'était comme si elle eût dit :

— Rester avec nous, dans notre isolement, dans nos ombres et dans nos larmes, vous, petite fleur de printemps, faite pour vous épanouir au grand soleil de la vie et du bonheur ! Enfant ! Vous entendrez un jour l'appel ardent auquel nul ne résiste, et vous abandonnerez les malheureux que nous sommes....., et ils seront plus malheureux alors de vous avoir connue.

..... Comment, dans l'état d'esprit où elle se trouvait, Mlle Faverge put-elle se rendre à l'invitation de Charlotte ? A quelle impulsion obscure obéit-elle ? Cette fois encore elle partit dans la voiture du marché, mais en compagnie de Léontine. Chemin faisant, elle regardait le beau visage aux lignes durcies, les lèvres perpétuellement serrées comme pour refuser un breuvage amer.....

Mme Grandjean, de son côté, examinait sa sœur et la trouvait bien pâle, avec des yeux bien sombres. Hélène comprit qu'il fallait se montrer gaie. Lisette, la jument pacifique, bien différente de Papillon, le cheval impétueux, était aujourd'hui attelée à la carriole.

— Passe-moi donc les guides, fit tout à coup Mlle Faverge, je meurs d'envie de conduire !

— Toi ? protesta la fermière, fixant, ébahie, la mignonne créature aux poignets menus.

— Pourquoi pas ? Bernard m'a donné une leçon l'autre jour, sans le savoir. Bernard est un maître !... Et puis, j'ai ça dans le sang, comme toi, ma chère.

On arrivait au bas de la côte, prudemment descendue au pas ; Hélène mit Lisette au trot, le plus joliment du monde, la fit passer très adroitement entre une voiture et un tas de pierres, puis, toute fière de ses exploits :

— Tu vois ! Pour un début, c'est magnifique.

Quelques instants plus tard, dans la cour d'auberge où les deux femmes avaient mis pied à terre, Hélène dit à sa sœur :

— Ne veux-tu pas m'accompagner jusqu'au bout ?

Mme Grandjean recula ; le rouge lui monta violemment au visage :

— Oh ! non ; j'ai des affaires qui pressent. A tantôt !

..... Charlotte avait guetté, d'une fenêtre, l'arrivée de son amie.

— Où est Mme Arnaud ? demanda Mlle Faverge après les premières effusions.

— Dans le jardin, je crois..... Mais, sans cérémonie, montez dans

— Elle a [illegible] que les [illegible] jeunes [illegible], [illegible] Charlotte, après un silence pénible. Quand les gens du peuple — souvent les plus honnêtes comme beaucoup le sont dans nos campagnes — ont l'esprit violemment frappé, Dieu sait ce qu'ils inventent ! ... Tenez, ajouta Mlle Arnaud, j'entends maman : voulez-vous que je l'appelle ? Maman est le bon sens et le bon cœur. Elle a plus d'expérience que moi, elle trouvera mieux que moi les mots qu'il faut vous dire, et elle saura, mieux que personne, mettre les choses au point.

Ayant lu la réponse dans les grands yeux désolés, Charlotte disparut... Quelques instants après, la bonne Mme Arnaud, sans même avoir ôté son tablier de ménage, entrait dans la chambre, s'approchait vivement d'Hélène, s'asseyait tout contre elle et, l'enveloppant de son bras :

— Qu'est-ce qu'il y a donc, ma pauvre petite, ma chère petite ? questionna-t-elle. Voyez-vous, je ne fais pas de façons : j'y vais tout bonnement. Depuis que je vous ai vue, j'ai été fort en peine à votre sujet... je puis maintenant vous le dire. Vous ne saviez rien, c'était évident... Je me demandais s'il fallait vraiment vous laisser dans cette ignorance, vous qui êtes orpheline et toute jeune... qui n'avez personne, parmi vos proches, pour vous conseiller utilement et prendre soin de votre avenir.

— Vous êtes trop bonne pour moi... J'ai toute confiance en vous, répondit Hélène, d'une voix étranglée. Mais ma sœur m'aime beaucoup, et je vous assure que, de mon côté, je me sens très profondément attachée à elle.

— Certes, vous avez raison, mon enfant, approuva l'excellente femme. Votre sœur est bien malheureuse... Et, précisément pour cela, elle ne peut être pour vous l'appui dont vous avez besoin... Dans son désir de vous avoir près d'elle, elle n'a pas compris qu'elle vous plaçait dans une situation impossible... Je ne vois pas pourquoi j'hésiterais à vous parler sans détour : vous n'êtes nullement solidaire de la famille Grandjean, et il s'agit là de faits qui, depuis longtemps, sont du domaine public. Que vous a-t-on dit, ma chère enfant ? Répondez-moi sans crainte.

La petite Hélène avait fermé les yeux. Tout près de ce cœur qui lui donnait une part de sa tendresse maternelle, elle balbutia :

— On m'a dit crûment cette chose horrible : « Nicolas Grandjean est un assassin. »

— Oh ! n'allons pas si vite ; puisque la justice humaine n'a pas condamné, la condamnation n'appartient plus qu'à la justice divine. Il est seulement fâcheux... Il est déplorable, continua la femme, modérant ses expressions à dessein, que cet homme n'ait pu réussir à se défendre de l'accusation portée contre lui, qu'il n'ait pu expliquer sa présence à telle heure, en tel lieu, qu'il se soit borné à nier tou-

de Charlotte. Il était affolé, démoralisé au dernier point. A toutes les questions, il faisait la même réponse : « Je vous répète que je n'ai pas bougé de chez moi ; je suis un pauvre homme qui n'a jamais tué ni volé. Ceux qui prétendent m'avoir vu se sont trompés, voilà tout. » Arrêté, emprisonné, il ne changea point de système ; en vain on lui objectait les coïncidences frappantes des témoignages.....

— Mais, mon Dieu, comment....., murmura la jeune fille, dont les lèvres blêmissaient.

— ..... Put-il bénéficier d'un non-lieu ? acheva Mme Arnaud. Je vais vous le dire. L'examen médical conclut à l'impuissance physique. Nicolas Grandjean était un vieillard de soixante-quatorze ans, exempt d'infirmités, mais déjà très affaibli. Les médecins déclarèrent qu'il n'avait pu vraisemblablement se jeter sur un cycliste ; qu'une attaque si prompte, si foudroyante, telle enfin qu'on l'avait reconstituée d'après l'enquête, n'avait pu être le fait d'un être caduc. Ils affirmèrent qu'un homme dans la force de l'âge, comme le clerc assassiné, aurait eu facilement raison d'un pareil agresseur ; le coup unique, mortel, qui avait fendu le crâne de la victime dénotait, paraît-il, une vigueur peu commune. Enfin, les preuves positives manquaient. Nicolas Grandjean fut relâché ; encore une fois, personne, à mon avis, n'a le droit de lui jeter la pierre. Mais vous avez pu constater l'effet désastreux de cette affaire sur l'esprit public.....

Fallait-il que cette histoire de sang et de honte fût incrustée dans toutes les mémoires pour que Mme Arnaud, au bout de six années, pût la raconter avec une telle précision de détails !

— Quel homme était-ce donc ? demanda Mlle Faverge, mue par une impulsion indéfinissable. Je ne sais rien de lui ; à peine l'ai-je aperçu.

— Ce qu'il était ? Une énigme, paraît-il, répondit la veuve. Personne ne le connaissait, pas même ses enfants. Il passait pour être habile en affaires, non point malhonnête, très « serré », très « regardant » (1), comme on dit dans le pays. S'il eût été sympathique, la conviction de sa culpabilité ne se fût pas ainsi enracinée ; mais, par malheur, son caractère dur, fermé, peu sociable, ne lui avait pas fait d'amis.

— Mais la sacoche....., la sacoche pleine d'or ? reprit Hélène, fiévreuse. On ne l'a pourtant pas retrouvée chez lui ?

Mme Arnaud eut un geste bref :

— La sacoche ! Voici qui est étrange : on l'a retrouvée au bout de trois jours dans un fouillis de ronces, au bas de la lande.

— Naturellement, elle était vide ?

— Non ; mais elle n'était pas pleine d'or ; elle contenait une somme

(1) Parcimonieux.

[illegible]

— Mais, Madame, protesta aussitôt la sœur de Léontine, [illegible]

— Quoi qu'il en soit, reprit la veuve après [illegible] de tête, votre séjour à la Ferme Fleurie n'est que [illegible]

— Pardon, [illegible] malheur. Non, jamais, jamais !

[illegible] frissonna comme si cette pauvre petite eût parlé de [illegible]

[illegible]

[illegible] « Si vous dépendiez [illegible] de plus à la Ferme-Fleurie. » [illegible] des rancunes populaires ; mais le soupçon qui pesait [illegible]

[illegible] Charlotte vint retrouver son amie, la promena [illegible] lui montra des ouvrages, des albums, [illegible]

[illegible]

— Mais il est trop sérieux pour ne pas [illegible]

[illegible]

— Mais vous êtes en nage! Vous n'en pouvez plus! insista la jeune fille, qui l'a rejoint d'un bond.

— Merci, Mademoiselle, répète Bernard, ironiquement cette fois.

Elle se redressa, la lèvre crispée ; la lourde bouteille de terre faillit échapper à sa main.

— Il refuse uniquement parce que je lui offre ! pensa-t-elle ; décidément, il ne peut pas me souffrir.

Et elle fut sur le point de crier à cet homme :

— Qu'avez-vous contre moi? Que vous ai-je donc fait?

Mais, se ravisant, elle lui tourna le dos et se rapprocha d'Angélina, qui travaillait un peu plus loin, comme une grande automate, au mouvement accéléré. Alors elle s'aperçut que l'horizon se garnissait d'un cercle de nuages blancs sur le marais, noirs sur les haies. Un peu plus tôt, Léontine avait répondu à sa sœur, qui s'extasiait devant le beau temps :

— Ça ne peut pas durer ; le soleil chauffe trop fort, et on voit trop loin.

Les nuages montaient si vite, que déjà la clarté se brouillait. Bernard avait rejoint son père ; Léontine, à quelques pas d'eux, gardait un silence de mauvais augure et continuait de faner.

— Avant une demi-heure, nous aurons de l'eau, peut-être pour la journée, dit le jeune homme. Aux « veuillotes » (1), et pressons-nous!

— Du foin qui est par terre depuis deux jours et qui est déjà roui ! remarqua le fermier.

Puis, s'approchant de sa femme :

— Ça n'est plus la peine de faire ce que tu fais ; c'est du temps perdu.

Léontine se redressa ; dans l'ombre du chapeau de jonc, ses yeux étaient comme deux flammes claires.

— De la faute à qui? lança-t-elle, d'une voix coupante.

— Ah ! c'est de ma faute s'il nous vient de la pluie ? soupira Auguste.

— Non, mais c'est de ta faute si nous sommes ici à la regarder venir, répliqua Léontine, avec, dans la gorge, ce [illegible] que son mari connaissait bien, si nous vivons comme des [illegible], sans que personne veuille nous donner un coup de main. Pourquoi ne m'as-tu pas écoutée? Pourquoi n'as-tu pas voulu t'en aller ailleurs?

— Où aller? murmura le malheureux, en tourmentant sa fourche, d'un air d'hébétude.

— N'importe où! Il fallait changer de nom, d'état, nous faire ouvriers dans une ville! Il fallait mendier, au besoin, [illegible]

(1) Meules de foin.

D'énormes masses de foin, soulevées avec rage par l'effort de deux bras vigoureux, s'agitaient dans l'air, s'accumulaient sur l'ébauche de meule qui prenait tournure, s'élevait comme par enchantement ; tandis que la jeune fille s'éloignait, chassée par cette apostrophe de Léontine :

Perds-tu la tête ? À la maison, vite, et qu'on ne te revoie pas !

La leçon d'Hélène avait porté.

X

Quatre sous de vinaigre, un pain de trois livres..... Voilà, Mam'zelle Faverge.

Merci, Madame Martin..... Et votre petite dernière, se guérit-elle de sa coqueluche ?

Vous avez bien de la bonté, ça va mieux. M. Croizier est revenu l'autre jour, il nous a dit qu'il n'était plus inquiet..... Ah ! voilà un bon médecin, et qui est doux, et qui ne ménage pas plus sa peine pour les pauvres que pour les riches..... Voulez-vous que Jules aille vous porter votre pain ?

Allons donc ! répond Hélène en riant. J'en porterais bien d'autres.

C'est vrai que vous avez bonne mine à cette heure, reprend l'épicière d'un air admiratif. Quand vous êtes arrivée, on n'aurait pas donné deux sous de votre santé. Vous avez joliment « pris le dessus », il n'y a pas à dire.

En effet, depuis quatre mois qu'elle est à la Ferme-Fleurie, Hélène a changé à tel point que c'est miracle. Sa taille s'est épanouie délicatement, ses joues sont pleines, son teint s'est avivé d'un rose exquis, et des touches dorées, très légères, apparaissent aux tempes, vers la racine des cheveux, plus frisés, plus exubérants. Son tempérament a triomphé de la crise, et la vie resplendit dans cette jolie créature que les gens du village aiment à regarder passer.....

Qu'elle soit installée dans cette maison comme chez elle, c'est étrange, à coup sûr, mais elle y est, elle y reste, elle semble s'y plaire : il faut bien qu'on s'habitue à l'y voir, et les bonnes gens commencent à dire qu'après tout c'est son affaire. La suspicion qui pèse sur les Grandjean ne saurait, d'ailleurs, s'étendre à elle. Mlle Faverge est une jeune fille « très bien », cela est clair comme le jour. Elle est assidue à l'église, se confesse souvent, et M. le Curé la tient en haute estime. Elle s'est occupée de petites filles de l'école pendant la retraite de première Communion ; elle leur a fait chanter des cantiques si jolis, le jour de la fête, qu'à les entendre on avait envie de pleurer ! Du reste, on n'ignore pas que Mlle Faverge fréquente les meilleures maisons de Pont-sur-Douve ; elle est l'amie de

[illegible], depuis quelque temps [illegible] dont elle eût pu, à bout [illegible], le lasser.

— Monsieur Bernard, commença-t-elle en s'arrêtant à deux pas de lui, les autres m'envoient vous dire qu'il n'y a point de place dans la « charrette » (1) pour les douze cents [illegible] qui nous attend, et qu'il faut les prendre au passage...

— Bien, Mademoiselle, répondit-il sans interrompre sa besogne.

Elle ne s'en allait pas ; elle le regardait, ainsi courbé à ses pieds. Tout à coup, il se redressa ; la lumière oblique allongeait, sur le pré, les ombres des arbres ; la plaine s'empourprait magnifiquement. Une brise arriva du fond de l'horizon, dilatant la poitrine de Bernard, qui ferma les yeux, laissa tomber ses bras ; pendant une seconde, il ne fut plus qu'un être jeune, qui se détend sous un souffle frais après avoir porté le poids du jour et de la chaleur...

— Ils ont beaucoup d'ouvrage là-bas ? demanda-t-il, d'une voix adoucie.

— Oh ! oui, beaucoup, et même...

Hélène hésita, rougit sous le regard perçant qui l'interrogeait ; puis, rassemblant tout son courage :

— Il faut pourtant que je vous dise cela, puisque j'en trouve l'occasion. Vous le prendrez comme vous voudrez. Votre père est vieilli avant l'âge ; il s'impose des efforts trop considérables pour lui, et [illegible] qu'un jour peut...

[illegible]

— Ah ! ne me dites pas une chose pareille ! s'écria-t-il d'un accent [illegible]. La jeune fille demeura confondue. Ne me la dites pas, vous ! Il fit quelques pas, les dents serrées sous un paroxysme de souffrance [illegible] ; puis, revenant à Hélène :

— Et mon père, proféra-t-il, c'est là ce que vous entendez ?

— Comme vous êtes violent ! murmura-t-elle. Comme vous êtes [illegible] !

Elle avait pâli, et des larmes lui montaient aux yeux ; elle les refoula d'un grand effort, puis elle reprit, le regard au loin, la voix hésitante :

— Non, ce n'est pas cela... Mais peut-être, en cherchant bien, pourrait-on... quelque moyen d'aviser...

— [illegible] Bernard [illegible] ma tâche ? Prendre sur mon sommeil ? Je le ferai, je le ferai ! Que voulez-vous que je fasse de plus ? Dites-le donc !

Il jeta son lien sur l'herbe, respira bruyamment, et, tournant vers [illegible] le visage de plus en plus crispé ?

(1) Grande charrette destinée au transport des récoltes.

été choquée, repoussée ; et cependant, cette âme dont elle devine les ressources l'intéresse comme une belle conquête à faire pour la gloire de Dieu. Elle ne peut plus ne pas estimer ce caractère, d'une fierté indomptable, d'une trempe exceptionnelle ; elle se demande ce que Bernard serait dans la vie normale ; ce qu'il serait surtout s'il avait sur le front la noblesse chrétienne, et dans le cœur le courage chrétien.

Intelligent, il l'était, à coup sûr : on s'en apercevait dès qu'il voulait bien parler. Un soir, Mlle Faverge le surprit lisant une revue d'art et de science qu'elle avait reçue le matin et qu'elle avait laissée traîner sur la grande table. Elle ne s'étonna pas trop ; Angélina lui avait dit naguère :

— Si vous saviez comme il aimait à s'instruire, lui aussi! Au temps où nous sortions, où nous voyions du monde, il empruntait des livres partout, et il les dévorait. Ah! il aurait pu aller loin, celui-là..... Mais, d'abord, il n'a jamais eu d'autre ambition que celle de devenir un bon cultivateur ; il a passé un an à la ferme-école de Corgny. Pendant son service, qu'il a fait moitié à Caen, moitié à Boulogne, il profitait de ses congés pour aller çà et là visiter de grandes exploitations, comparer les différents procédés de culture et d'élevage. S'il n'était pas versé comme il l'est dans la matière, et s'il ne s'était pas engagé à dix-huit ans pour nous revenir à vingt et un ans, la ferme ne serait pas ce que vous voyez.

..... Hélène s'approcha du liseur qui ne l'avait pas entendue venir ; il se tenait debout dans l'embrasure de la fenêtre, près de la table où le couvert était déjà mis pour le souper.

En apercevant la jeune fille, il eut un brusque sursaut, ferma la revue et la rejeta.

— Oh! mais, ne vous dérangez pas, fit Hélène ; si ce numéro vous intéresse, vous pouvez l'emporter.

Bernard aurait voulu partir après un « merci » bref : cela lui fut impossible. Quelque chose de plus fort que lui le retint à cette place et lui ouvrit la bouche :

— Je lisais sans comprendre, fit-il à mi-voix, ou plutôt je ne lisais pas du tout..... J'écoutais.

Il désignait, du geste, le cabinet voisin, d'où s'échappait le bruit d'une toux sèche et sifflante, mêlé à celui d'un pas qui se traînait.

— L'entendez-vous? reprit le jeune homme. Depuis les premières brumes, elle ne cesse plus..... Et notre mère est morte de la poitrine.

— Mais il faut qu'elle se soigne, qu'elle consulte! exclama Hélène, terrifiée.

— On le lui dit ; elle n'en fait rien.

Il s'abattit sur le banc, s'accouda contre la table ; sur son visage passa cette expression découragée qui le rendait méconnaissable.

— Je sais bien qu'elle est fatiguée, qu'elle est à bout, continua-t-il, les deux mains au front ; et si l'un de nous lâche l'ouvrage, la ferme tombe! Comment sortir de là? Aviser..... aviser..... articula Bernard, répétant à la jeune fille le mot qu'il avait entendu de sa bouche, en une heure poignante. Pour trouver le moyen, je donnerais ma vie, mais où est-il?

— Faire la lumière!

— Qu'est-ce que vous voulez dire ? proféra-t-il, éperdu.

— Découvrir le coupable!

Ainsi elle n'ignorait rien du drame affreux où avait sombré l'honneur de la famille ; et le vieillard à qui tout le monde jetait la pierre, elle le croyait innocent!

Mais bientôt, avec une sorte de gémissement, Bernard retomba sur lui-même.

— Retrouver, au bout de six ans, un homme que personne n'a vu, que personne ne connaît, qui a disparu sans laisser la moindre trace! Et comment l'aurions-nous jamais retrouvé, nous autres? Est-ce que nous avions des mille et des cent pour reprendre à notre compte une enquête insuffisante, mobiliser une armée de policiers ? Les riches peuvent faire cela ; nous, nous sommes des pauvres ; et encore on estime que nous avons eu beaucoup de chance, parce que la justice a lâché celui qu'elle avait pris! Lâché, oui..... comme un bouc émissaire, à travers un monde qui le poursuit de malédictions et le chargera toujours d'un crime qu'il n'a pas commis.....

La voix du jeune homme se brisa de façon telle, qu'Hélène eut peur de le voir pleurer!..... Mais non. Quelqu'un ouvrait la porte, et Bernard se releva, les lèvres serrées, tandis que Mlle Faverge murmurait tout bas :

— Il y a une autre justice que la justice humaine. Ne désespérons jamais.

On soupa, presque en silence, aux lueurs du foyer flambant, mêlées au reste de clarté avare qui tombait de la fenêtre. La toux d'Angélina fit tressaillir Mlle Faverge et la tira de sa rêverie : la fille d'Auguste avait, ce soir, une mine effrayante. Le repas achevé, Hélène s'approcha d'elle, sous le manteau de la cheminée, en disant :

— Allez vous reposer et laissez votre ouvrage ; je le finirai bien, moi.

Mais Mlle Grandjean se redressa comme un ressort, et avec une sécheresse qui ne lui était pas habituelle, répondit :

— Non ; je ne veux pas que vous y touchiez!

Hélène, surprise, peinée, ne crut pas devoir insister, et alla rejoindre sa sœur à la laiterie. Mais au bout de quelque temps, cette toux, qui vraiment ne s'arrêtait plus, la rappela vers la cuisine. La porte de la cour et celle du jardin étaient ouvertes sur la nuit froide;

— [illegible], dit Hélène, je le veux [illegible].

Angélina, comme en rêve, se laissa tomber dans le petit fauteuil ; la peine lui [illegible] qu'une [illegible] de tout le repas.

— Angélina, vous verrez le docteur demain.

— Je ne veux pas sortir! déclara la fille de Grandjean qui se serrait, tremblante, contre le dossier du fauteuil.

Car, depuis six années, elle se cloîtrait farouchement ; le village ne l'avait pas revue, et elle n'allait jamais plus loin que les dépendances de la ferme.

— Vous ne sortirez pas ; j'irai chercher pour vous le Dr Noël, un bon vieux devant qui vous ne serez pas intimidée. Comme il vous ordonnera, certainement, le repos au lit pendant quelques jours au moins, vous vous coucherez...

Angélina voulut se récrier ; Mlle Favergé, d'une main caressante, lui ferma la bouche.

— ..... Vous vous coucherez sans vous inquiéter de votre ouvrage ; c'est moi qui le ferai, et il sera bien fait, je vous le promets.

Cette fois, Mlle Grandjean ne put répondre ; un sanglot faible souleva sa poitrine ; son regard s'attacha, doux et navrant, sur Hélène.

— Voilà qui est entendu, reprit la [illegible]. A votre tour, vous allez me promettre quelque chose ; mieux que cela, me jurer — et son visage revêtit une gravité saisissante, — me jurer de ne recommencer jamais ce que vous avez fait ce soir!

— Ah! Hélène, Hélène, soupira Angélina, se cachant les yeux.

— Jurez-le-moi! je ne vous laisserai point partir auparavant.

— Eh bien! oui, oui..... Pour vous...

Et, attirant contre elle la chère petite, Mlle Grandjean balbutia d'une voix lointaine :

— Qui êtes-vous donc, et d'où nous êtes-vous venue?

Non, Dieu n'avait pas tout à fait abandonné les malheureux de la Ferme-Fleurie, puisqu'il leur avait envoyé ce [illegible].... Mlle Favergé eut une inspiration subite ; prenant sur la table un petit volume :

— Voulez-vous l'accepter, par amitié pour moi? demanda-t-elle. Vous le lirez tout doucement, pendant vos heures de repos forcé, et vous verrez qu'il vous fera du bien.

C'était l'*Imitation de Jésus-Christ*.

. . . .

Le lendemain, Hélène, ayant emprunté la carriole et la jument, se rendit au bourg, chez le vieux médecin. Il était absent, mais il devait rentrer dans une heure ; la jeune fille voulut profiter de l'occasion pour aller embrasser Charlotte.

C'était une belle journée d'arrière-saison ; un soleil adouci [illegible]

— Vous aimez beaucoup la campagne? interrogea le docteur, qui avait tressailli.

— Plus que je ne puis le dire! répondit elle avec élan. Elle est ma vie; j'aime tout d'elle, sa liberté, ses spectacles merveilleux, ses grands horizons et les travaux champêtres, si rudes parfois, mais si nobles, qui me font sentir si intimement, à moi, l'influence de la terre natale. La campagne! elle m'a prise, c'est fini; je ne m'en détacherai plus!

— Je le conçois, repartit Germain, étreint par une impression singulière; mais on peut mener, à la campagne, différents genres d'existence..... qui tous peuvent avoir leur intérêt et leur noblesse. Ces travaux dont vous parlez, vous ne sauriez vous y adonner qu'en passant, et comme par distraction.....

— Vous vous trompez! répliqua Hélène; je les prends tout à fait au sérieux.

— Enfin, Mademoiselle, insista-t-il, de plus en plus troublé, votre avenir n'est pas là, c'est une chose évidente. Supposons, par exemple, qu'un homme — et la voix de Germain trembla, — qu'un homme loyal, animé de convictions et de sentiments propres à vous inspirer confiance, vous demande un jour votre aide pour fonder un foyer..... le repousseriez-vous parce qu'il ne pourrait vous offrir une vie telle que vous venez de la dépeindre?

Stupéfaite, les yeux rivés sur ce visage qu'elle ne reconnaissait plus, la jeune fille allait balbutier des paroles vagues.

— Ne dites pas oui! s'écria le docteur, emporté par une force soudaine et irrésistible. Ne dites pas oui!

Hélène, toute blanche, un brouillard aveuglant devant les yeux, resta muette et immobile comme une statue. Pour la première fois, elle entendait ce langage; la secousse avait été si brusque, si imprévue, qu'elle en crut défaillir.

— Monsieur..... murmura-t-elle, tremblante.

— Pardon, Mademoiselle! implora Germain, confondu. Je n'aurais pas dû vous parler de la sorte..... Comment cela s'est-il fait? Je n'en sais rien..... Je n'ai pas été maître de moi..... Je vous jure que je vous respecte plus que tout au monde. Si vous aviez vos parents, j'irais immédiatement les supplier de m'accorder..... tout le bonheur de ma vie.

— Oh! je vous en prie..... bégaya-t-elle en détournant la tête. Taisez-vous..... qu'il ne soit plus question de cela..... Jamais..... jamais.....

Il avait reculé, mortellement pâle, frappé au cœur.

— Pourquoi? fit-il, d'une voix étranglée. Chacun vous dira que je suis un honnête homme..... Et j'ai de la religion; nous prierons ensemble, Mademoiselle Hélène.....

[illegible] pommiers. Entre deux sanglots, des mots à peine [illegible] s'échappent des lèvres d'Hélène.

— Il peut bien être heureux sans moi, lui..... Il est riche, honoré..... Tout lui sourit en ce monde..... Il oubliera son rêve...

Et, joignant les mains, elle jeta au ciel cette prière ardente :

— Mon Dieu, faites qu'il m'oublie!

XII

C'est novembre. Il pleut sur les champs où les pommiers, allégés du poids de leurs pommes, entre-choquent dans le vent leurs rameaux nus ; il pleut sur les bois dépouillés, dont les arbres plongent dans un amas couleur de rouille ; il pleut sur le marais où la rivière déborde, et bientôt le paysage revêtira l'aspect de mélancolie singulière que lui donne l'inondation annuelle.

Il pleut sur la ferme dont les vieux murs deviennent plus noirs ; et il est des jours où l'on n'y verrait pas en plein midi dans la cuisine, sans les flambées pétillantes alimentées par le bois qu'Angéline jette à brassées dans le foyer.

Après quinze jours passés au lit, elle s'est relevée et se remet peu à peu à la besogne, tout en continuant de se soigner. Elle tousse encore, mais les accès sont moins fréquents, moins violents ; elle est très affaiblie par sa bronchite et se traîne ; mais, chose étrange! on dirait qu'elle rajeunit. Dans son visage amaigri, au teint plus clair, son regard devient plus expressif ; elle s'anime plus volontiers, c'est à se demander si elle va se reprendre à la vie du cœur et de l'âme, en même temps qu'à celle du corps.

Et la jeune apôtre qui l'assiège depuis des mois avec un zèle, un tact, une patience, un dévouement admirables, redouble d'espoir et de prières : que de fois, en pénétrant près d'Angéline malade, ne l'a-t-elle pas trouvée lisant, et si absorbée par sa lecture que l'entrée d'Hélène passait inaperçue! Ce qui captivait ainsi Angéline, c'était « le plus beau livre sorti de la main des hommes ». D'abord, elle avait lu machinalement, presque sans comprendre, et pourtant, des mots l'arrêtaient, des lumières lointaines la fascinaient ; à mesure qu'elle avançait, elle avait l'impression qu'un voile se soulevait légèrement devant ses yeux, lui découvrant des régions insoupçonnées et merveilleuses..... Elle résiste encore à la grâce, elle veut et ne veut pas..., mais elle revient toujours à ces pages, qui exercent sur elle une attraction invincible..... Ces pages imprégnées de la paix « qui surpasse tout sentiment..... »

Et voilà qu'un jour, comme le désespoir remontait à l'assaut de son âme, Angéline fit une chose qu'elle n'avait ni résolue ni prévue.

jean, restée seule avec Mlle Faverge, l'attira dans l'embrasure de la fenêtre et lui dit :

— J'ai une nouvelle à vous apprendre.

Et voyant Hélène, déjà émue, l'interroger anxieusement du regard, Angélina continua :

— J'irai, dimanche, à la messe avec vous!

— Ah!

Ce cri de joie indicible, surhumain, sonna dans la Ferme-Fleurie comme pour en chasser tout le mal et tout le malheur.

— A la messe de 7 heures, acheva Mlle Grandjean, et après je me confesserai!

Hélène pleurait, souriait, embrassait coup sur coup sa conquête..... sa première conquête, et non pas la dernière : oh! elle en était sûre, à présent! Quel triomphe, mon Dieu! quel bonheur! Pendant une grande minute, les jeunes filles se turent, serrées l'une contre l'autre, et regardant les étoiles. Puis Angélina rompit le silence, en chuchotant :

— Ne le dites pas encore, n'est-ce pas? Que cela reste un peu de temps *entre nous deux.*

Pendant une partie de la nuit, Hélène versa des larmes douces en répétant :

— Merci, mon Dieu! merci. Je suis trop heureuse.

Félicité pure, idéale, qui chassait tous les troubles. La jeune fille le comprenait de plus en plus : l'aveu reçu naguère n'avait été dans sa vie qu'un épisode émouvant. Elle se sentait engagée dans une voie dont rien au monde ne saurait la détourner!

Le lendemain, Hélène se surprit continuellement à chanter, entre haut et bas ; jamais elle n'avait paru si joyeuse ; jamais elle n'avait apporté pareil entrain à la lourde tâche assumée par elle depuis la maladie d'Angélina. Ce soir-là, le souper étant fini dès 7 h. 1/2, les Grandjean, d'un accord tacite, se réunirent autour du feu.

La veillée commença en silence ; Bernard tressait de la paille pour en faire des liens ; Corentin, assis à l'écart, sur son escabeau de « triolet » (1), puisait dans un gros sac des panais qu'il coupait en tranches et mélangeait à du son. La fermière et sa belle-fille tricotaient. Hélène achevait un raccommodage ; Auguste Grandjean, inactif, les paumes aux genoux, se laissait engourdir, comme un vieillard, par la chaleur du foyer, et ses yeux mi-fermés contemplaient le plus doux spectacle qu'il eût vu chez lui depuis bien longtemps ; cette petite tête souriante, dont l'expression semblait encore animée par les jeux de la flamme, ces bonnes petites mains voltigeant sur l'étoffe grossière..... Dans le grondement du feu passait,

(1) Valet employé à traire.

[illegible] de la [illegible] sur le [illegible] pleine de [illegible].

Neuf heures venaient de tinter, [illegible] à la tour du [illegible] quand Papillon reparut, le [illegible] blanc d'écume. [illegible] haletant, bondit sur le sol [illegible].

— Le Dr Granier arrive ; je suis allé au plus près...

Germain, à bicyclette, accourait en toute hâte, [illegible] par [illegible] une [illegible] à la [illegible] et [illegible]. On l'appelait [illegible] à la [illegible] ! [illegible] il [illegible], dans ce [illegible] singulier et sombre, celle qui [illegible] y demeurer [illegible]. Plus le [illegible], [illegible] il pourrait [illegible] une chose aussi forte.

— C'est une enfant, pensait-il, une enfant dont le cœur n'est pas [illegible].

Il avait [illegible] de ce [illegible] les [illegible] d'Hélène [illegible] ; impatiemment, il [illegible] en cause entre les [illegible] qui dirigeait la jeune fille, et qui le [illegible].

Lorsque M. Granier entra dans la cour, au [illegible] des chiens [illegible] enchaînés, Bernard, qui faisait le guet à la barrière depuis plus de dix minutes, poussa un soupir de soulagement.

— Par ici, Monsieur le docteur, s'il vous plaît, dit Léontine qui [illegible] très [illegible] et indiquait au jeune médecin la porte de [illegible]. — On l'avait d'abord couché dans la cuisine ; figurez-vous qu'il n'a jamais voulu y rester ! Il répétait : « Chez moi, chez moi ! » en [illegible] de grands gestes ; il menaçait de se jeter à bas du lit. Il a fallu le transporter là-haut... avec quelle « misère » !

Alors, [illegible] Germain, [illegible] sur les [illegible] de la [illegible], l'escalier en spirale.

— [illegible] ; il est dans [illegible]...

[illegible], qui [illegible] dans la chambre du [illegible] Granjean.

Tout d'abord, il ne vit que Mlle Varennes, qui se mouvait [illegible] pour mettre un semblant d'ordre dans un [illegible] pêle-mêle d'objets de toute nature. Cette pièce était un chaos. [illegible] Hélène qui rougit faiblement, M. Granier s'approcha du lit, une couchette de fer assez basse. Le [illegible] et sa fille, [illegible] au chevet, s'écartèrent. Le docteur se trouva en présence de [illegible] que la rumeur publique désignait comme un assassin, et qui n'était, à cette heure, qu'une misérable loque humaine, [illegible].

[illegible] d'une maigreur effrayante, se [illegible] ; des [illegible] violacées s'étalaient [illegible] ; le regard [illegible], les [illegible], le malade répétait à [illegible]

doigts recourbés qui s'accrochaient, par intervalles, aux plis de la couverture.

Et pourtant, cette enquête médicale..... cette ordonnance de non-lieu.....

Le docteur porta la main à son front. Il se sentait jeté dans un monde de ténèbres. Le souffle bruyant qui montait du lit devenait de plus en plus saccadé, et, tout à coup, entre deux aspirations rauques passèrent des paroles nouvelles :

— Perdu..... perdu..... Je ne le retrouverai pas..... Je ne le retrouverai jamais.....

M. Croizier bondit ; mû par un sentiment dont il ne fut pas le maître et qu'il ne s'expliqua pas, il saisit Nicolas Grandjean par l'épaule et s'exclama :

— Qu'est-ce que vous avez perdu?

Mais le vieillard, avec une sorte de râle, se dégagea de l'étreinte ; une terreur sans nom se refléta dans ses prunelles. Trompé par le silence, il s'était cru seul un moment et le demi-délire qui venait de lui arracher ces mots se dissipait devant la réapparition soudaine.

Les Grandjean, de guerre lasse, s'étaient réunis dans la cuisine en attendant que le docteur les rappelât. Seul, Bernard, très nerveux, arpentait la cour à pas précipités. Que se passait-il là-haut? Il allait être 11 heures, et l'on échangeait des suppositions qui se ressentaient plus ou moins de l'état anormal des esprits, quand une voix, retentissant au seuil de la pièce, fit retourner les têtes :

— Voilà qui est fait.

Hélène leva les yeux et faillit pousser un cri : Germain était méconnaissable, tant il avait le teint pâle et les traits tirés.

— Cela n'a pas été sans peine, continua-t-il en s'avançant ; il m'a résisté une heure! Si j'ai pu l'ausculter à la fin, c'est que l'abattement succédait à l'agitation de la fièvre. Je crois pouvoir vous rassurer sur les conséquences de cette alerte. M. Grandjean s'était évanoui probablement par l'effet d'une émotion vive..... — ici, la voix du jeune médecin trembla un peu, — et j'ai lieu d'espérer que l'accident n'aura pas de suites graves. Permettez-moi cependant de vous le dire, ajouta le docteur, s'adressant particulièrement au fermier ; à aucun prix votre père ne doit rester dans l'isolement où il s'est tenu jusque-là.

— Mais, Monsieur, se récria Mme Grandjean, nous ne demanderions pas mieux, nous autres. C'est lui qui.....

— Je sais, je sais, interrompit Germain, très doux. Vous avez agi pour le mieux. Ici, un médecin n'a pas de reproches à faire, mais il a un avis à donner. M. Grandjean me paraît très exalté ; c'est l'effet de l'âge. La prudence exige qu'il ne soit pas seul à loger dans

[illegible] fait peine ? Oh ! [illegible]

— Partie, partie ! dit Hélène, qui tremblait [illegible] Mais quand ? Mais comment ?

— A pied, cela est certain, répondit Angélina. [illegible] Et sous cette tourmente ! Elle est folle !

— Vous disiez qu'ils allaient revenir ! S'ils la rencontraient ? fit Mlle Faverge, l'œil hagard...

— Vous oubliez qu'elle leur tourne le dos, [illegible] ton de pitié affectueuse.

— C'est juste.

Hélène, ne se contenant plus, arpentait le corridor à pas [illegible]

— Et vous pensez qu'avant une heure ils seront là, reprit-elle. [illegible] coup épouvantable pour votre père ! Non, cela ne se peut pas. Il faut courir après elle, tout de suite, la rattraper, la ramener...

— Malheureusement, c'est impossible, repartit Angélina, [illegible] tendu vers la tempête. Ni vous ni moi ne sommes de force [illegible] une chose... inutile, d'ailleurs, puisque Léontine a, pour le moins, trois quarts d'heure d'avance. Calmez-vous, ma petite Hélène, je vous répète qu'elle est folle. Elle va se repentir. Et vous lui [illegible] aujourd'hui, vous lui direz, par exemple, que vous ne pouvez [illegible] rejoindre dans ces conditions-là, qu'elle ne vous reverra plus [illegible] probable...

— Mais la ramènerai-je ainsi à son foyer ? [illegible] Mlle [illegible] fondant en larmes. [illegible] ne la rappellera pas, j'en suis [illegible] et elle n'osera revenir d'elle-même après un éclat pareil. [illegible] va-t-il se passer là-bas, quelles gens vont l'entourer, quelles influences [illegible] vont-elles [illegible] ?

La jeune fille, en exprimant ces craintes, ignorait encore à quel point elles étaient fondées... Mme Marel était une cousine [illegible] avec qui les Faverge avaient rompu, et que Léontine avait [illegible] Depuis, Mme Grandjean, dans un moment de [illegible] [illegible] par écrit à cette femme qui lui avait répondu : « [illegible] [illegible] viens me trouver ; je te procurerai une [illegible] place. »

— Un coup de folie, oui, mais dont les conséquences peuvent être irréparables ! dit Hélène. Mon Dieu, ayez pitié de nous [illegible]

Devant toute son œuvre compromise, elle se voila le visage [illegible] entrant dans sa chambre, elle s'abattit, sanglotante, au pied de son [illegible] Soudain, elle se releva, saisie d'une inspiration [illegible]

— Trois quarts d'heure d'avance, murmura-t-elle. [illegible] chance... la seule...

Raidie par une résolution inébranlable, Hélène [illegible] premier manteau qui lui tomba sous la main, descendit sans [illegible] personne : Angélina s'était retirée en la voyant prier. [illegible]

La sonnette, violemment agitée, fit sursauter Germain ; il se leva, ouvrit la porte et se trouva face à face, dans le vestibule, avec un jeune paysan qu'il avait rencontré maintes fois au village d'où dépendait La Ferme Fleurie : c'était le domestique du curé.

— Monsieur le docteur, fit ce garçon, rouge et hors d'haleine, on vous demande chez les Grandjean ... C'est très pressé.

— Est-ce encore pour le grand-père ? s'exclama le jeune médecin.

— Que non, répondit le petit gars, s'accotant au mur et s'épongeant le front. C'est pour Mlle Faverge. Vous ne savez pas l'accident qui lui est arrivé hier ?

— Je ne sais rien, fit M. Croizier, pâlissant.

— Elle a « manqué de se périr » dans les marais, ni plus ni moins ! Un des Grandjean l'a tirée de là, le jeune, qui n'en dit pas long non plus à l'heure qu'il est. Mais la demoiselle est bien pis, elle ne reconnaît plus personne.

Tout vacille dans la tête de Germain ; il doit se retirer pour ne pas chanceler en allant prendre à la hâte son manteau imperméable. Ayant prié sa tante de réconforter le commissionnaire, il s'élance à bicyclette et part comme une flèche, dans le crépuscule.

La tempête s'est apaisée au bout de vingt-quatre heures ; à l'effroyable avalanche d'eau qui a fait tomber le vent a succédé une pluie fine. Des dégâts innombrables se sont produits par toute la presqu'île normande, notamment sur les côtes ; on parle de digues brisées, de bateaux fracassés dans les ports. Mais nulle part, peut-être, la désolation n'est pire que chez les Grandjean.

Quel cauchemar à la ferme où Bernard est alité, en proie à un accès de fièvre intense ; où Hélène gît sous les étreintes d'un mal qu'on n'ose encore définir ! La femme, la gardienne du foyer, est en fuite ; Auguste et Angélina tournent, comme stupides, au milieu du désarroi universel.

On a transporté Hélène dans le cabinet de Mlle Grandjean, plus chaud que la mansarde, et d'un accès plus facile. Bernard, dévoré d'inquiétude, pense à elle sans relâche ; c'est à travers elle qu'il revoit tous les événements du terrible jour.

Parti à pied dès 3 heures du matin, il avait été assailli par la grande tourmente avant d'arriver à mi-route. Bientôt, ses bêtes refusèrent d'avancer, l'une d'elles s'affola, il ne la maîtrisa qu'au prix d'efforts inouïs, et, de guerre lasse, il rétrograda, convaincu, d'ailleurs, que la foire n'aurait pas lieu. Des gens, ramenant leurs bestiaux, l'avaient déjà croisé. En repassant par le bourg de Prétot, il aperçut son père qui dételait la carriole en face d'une auberge : le fermier s'était senti incapable d'aller plus loin. Tous deux stationnèrent une heure dans la salle basse, attendant une accalmie, et se décidèrent enfin à reprendre le chemin de la ferme.

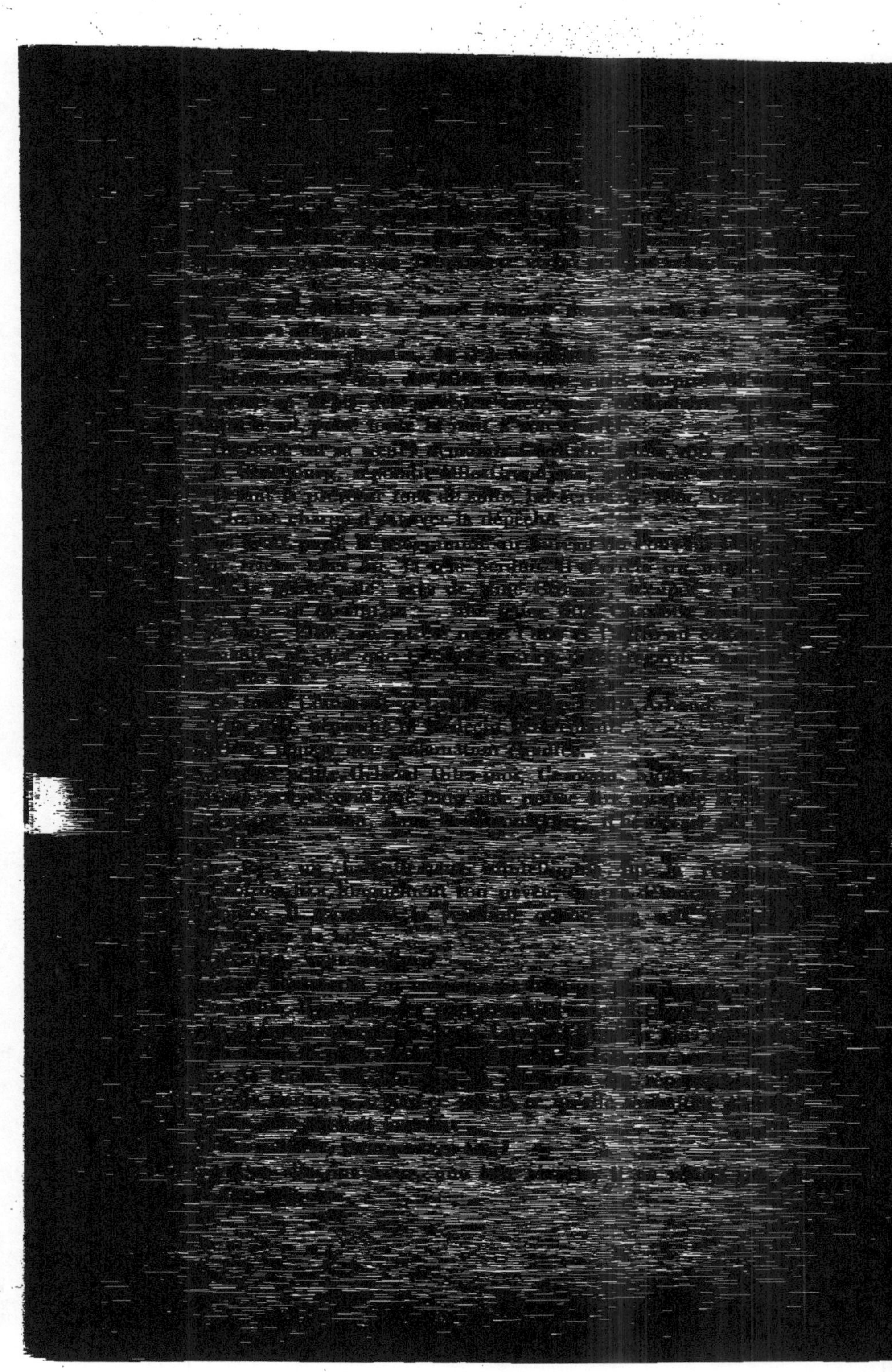

[illegible] Auguste Grandjean [illegible]. Il n'avait pas un mot de reproche ; mais il n'eut pas non plus un [illegible] celle qui revenait. Désignant la porte de la pièce où gisait la malade :

— Entre, dit-il seulement ; tu vas la voir.

[illegible] ce bras tendu, et ce visage de pierre, et ces paroles évoquèrent devant Léontine la vision de la Justice implacable.

Oui, Hélène était encore en vie, mais pour combien de jours, de heures ? Près du lit, Mme Grandjean demeura d'abord figée, comme paralysée ; puis, après avoir tenté en vain de se faire reconnaître, elle s'écroula sur ses genoux, toute secouée de sanglots.

— Oh ! ma petite sœur, bégayait-elle ; oh ! ma petite fille ! Mon Dieu, mon Dieu ! Dire que c'est de ma faute !

Car elle avait tout compris ; elle savait déjà qu'Hélène, traversant la chaussée, le jour de la tempête, avait été lancée dans l'eau par un cheval emporté. Elle ne devinait que trop la résolution désespérée qui avait poussé la jeune fille ! Et cette enfant, elle la retrouvait mourante.

Pauvre Léontine, qui était déjà dégrisée en arrivant à Cherbourg, chez sa parente ! Elle a passé trois jours à se dire : « Qu'ai-je fait ? » à lutter contre la sensation de l'irréparable, à sentir atrocement la force des liens qui attachaient au foyer son âme rebelle... Avait-elle voulu, vraiment, commettre cette action indigne, abandonner [illegible] son mari ? Ah ! elle ne sait plus ; il lui semble qu'elle a été [illegible], qu'elle a agi par une force indépendante de sa volonté. Et pourtant ses tortures de conscience lui prouvent combien elle est coupable. Pendant des années elle a nourri dans son cœur la révolte et la colère, qui ont fini par l'entraîner à un acte des plus graves. Pour la faire revenir de son égarement, il a fallu le coup de foudre de cette dépêche, et la vision de la chère innocente qui râle, victime de la faute d'autrui !

Cependant, à partir du moment où cette femme, étrange, [illegible], rentra dans la maison, il sembla que la vie y rentrait avec elle.

Tout de suite, elle se mit à soigner Hélène, à soigner Renaud, [illegible] repensant, avec de terribles secousses au cœur, près de [illegible] qui pardonnerait à la longue, mais qui n'oublierait jamais.

Le Ciel jugea, sans doute, que Léontine était assez punie.

Pendant trois jours encore, l'état de la jeune fille demeura stationnaire ; puis il y eut une légère détente. Hélène reconnut sa sœur et lui sourit ; elle reconnut le docteur et se sentit confuse de recevoir les soins de cet homme qui l'aimait et qu'elle refusait. Jamais elle ne l'avait appelé près d'elle ; mais ici, on ne savait rien de ce qui s'était passé entre eux.

[illegible] quelque chose [illegible] de [illegible] qui [illegible] le temps, que j'ai été prise [illegible], mon Dieu [illegible], de l'apaiser dans la lumière divine, de lui souffler le pardon et la résignation [illegible] en [illegible] son espoir se faisait de jour en jour plus impérieux. Où m'entraînait ce désir ? Je ne le savais [illegible], je ne me connaissais pas... Je me connais maintenant, depuis que votre secret s'est échappé de vos lèvres, j'ai lu clairement dans mon cœur...

A mesure qu'elle parlait, le visage de Bernard se [illegible], ses traits se détendaient. Quand elle eut fini, il resta [illegible], les doigts entrelacés, le regard humide et [illegible] sur la vision idéale. Le rêve chaste et bienheureux [illegible] du jeune homme, l'emportait loin de toutes les douleurs. Il ne [illegible] que murmurer tout bas...

— Oui! Hélène... Hélène...

Enfin, il reprit d'une voix de songe :

— Ainsi, vous avez pu aimer un pauvre, un malheureux comme [illegible]... Un homme qui, d'abord, a voulu vous haïr [illegible] entrée dans notre maison de misère... [illegible] pas tardé à comprendre que vous y étiez venue comme [illegible] Dieu... J'ai eu beau faire, j'ai bien dû reconnaître [illegible] lieu de vous haïr, je vous aimais de toutes mes forces [illegible] je m'en suis aperçu, Hélène, il m'a semblé qu'[illegible] jamais souffert. J'étais exaspéré contre moi-même... [illegible] Vous savez comment [illegible] que de vous laisser [illegible] mon amour, j'ai préféré me faire passer près de vous pour [illegible] j'ai été indigne... Et vous m'avez pardonné!...

— Je n'ai rien à vous pardonner, Bernard, mon [illegible] seulement de ne pas [illegible] maintenant [illegible] cet amour que Dieu bénit... Car, c'est pour lui que [illegible] aimerons. Voulez-vous bien accepter Hélène avec son [illegible] de vaillance, je veux vous convertir, non pas après [illegible], mais avant ! Oui, il faudra qu'avant de nous [illegible] allions ensemble nous agenouiller à la sainte Table !...

— Tout ce que vous voudrez... Vous ferez de moi tout ce [illegible]... Je suis votre serviteur, votre chose...

— Vous serez mon époux devant Dieu et devant les hommes [illegible] [illegible] ces paroles de miracle [illegible] plus le paria, le misérable, puisque cette enfant [illegible] l'ineffable consolation de son amour. Elle tendait [illegible] cette fois, il ne [illegible] plus ; il songeait [illegible] histoires qu'il avait lues, où l'on voyait des femmes [illegible] des condamnés, partir avec eux pour l'exil, pour le [illegible]

[illegible] un sacrilège pour les hommes !

— Hélène, est-il possible ! Vous êtes à moi pour toujours.....

Soudain, Mlle Ravorge [illegible] : elle venait de s'apercevoir qu'ils n'étaient pas seuls ..... Un homme était entré sans qu'ils en eussent conscience, arrêté à deux pas de la porte, il les regardait et semblait changé en pierre.

C'était Auguste Grandjean.

Hélène n'eut pas une seconde d'hésitation ; tenant toujours Bernard par la main, elle s'avança et dit au fermier :

— Voulez-vous de moi pour fille ? Votre fils m'aime et je l'aime. Voulez-vous me permettre de devenir sa femme ?

Auguste posa sur l'épaule de la jeune fille une main si lourde qu'Hélène, inconsciemment, laissa retomber celle de Bernard. Le jeune homme restait inerte, l'œil vague ; enfin, ses lèvres rigides s'entr'ouvrirent, émettant des syllabes heurtées :

— Il ne faut pas faire ça.

— Pourquoi ? s'écria-t-elle.

— Il ne faut pas..... C'est défendu..... Vous ne pouvez pas vous marier.

— Mais je sais tout ! déclara Hélène, une flamme généreuse [illegible] ; j'accepte la situation telle qu'elle est. Vous voyez bien [illegible] ne nous sépare..... Vous allez admettre de bon cœur, dans votre famille, celle qui veut travailler avec vous, lutter avec vous.

Auguste Grandjean ne répondit pas. Il toucha le bras de son fils, et d'une voix étranglée :

— Viens, dit-il.

Le jeune homme, d'un pas incertain de dormeur mal éveillé, suivit machinalement son père vers la tour. Ils s'arrêtèrent dans la pièce [illegible] où couchait Bernard. Le fermier s'était [illegible] ; il n'avait plus figure humaine.

— A quoi [illegible] garçon ! balbutia-t-il.

— Mais vous ne [illegible] vous ne comprenez pas, [illegible] son fils, dont les yeux [illegible] une sorte d'[illegible], puisque c'est elle qui veut.....

— Je te répète que c'est impossible..... Que la chose ne se peut [illegible]. Je n'y consentirai pas.

— Mon père ! se récria Bernard, d'un accent déchirant.

[illegible] lui venait de s'abattre la souffrance la plus horrible qu'il eût jamais endurée..... Quoi ! la consolation merveilleuse n'était qu'un [illegible] déjà on le repoussait hors de la région de lumière, à peine [illegible], pour le replonger dans l'abîme ténébreux ? On lui [illegible], la coupe où il venait de goûter la vie après [illegible] [illegible] était donc maudit ! Non, non ; c'était trop cruel. Il eut un

jour et une nuit indescriptibles ! ce qui l'empêche de se confier à sa [illegible], c'est l'idée tenace que l'opposition du fermier a une raison secrète. Hélène le sent, elle en est sûre : Bernard ne lui a pas tout dit [illegible]. Et, dans la solitude de sa chambre, elle pleure, elle prie éperdument.

— Mon Dieu ! je vous en supplie, qu'il ne parte pas ! Ce serait la mort de son père, la ruine de la maison. Je partirai plutôt ! Mais qui achèverait mon œuvre ? Qui ferait la lumière dans les ténèbres ?... Mon Dieu ! puisque nous ne pouvons partir ni l'un ni l'autre, enlevez l'obstacle, d'où qu'il vienne, et commandez-nous !

Elle répétait encore, du fond de sa douleur, cette simple oraison [illegible], quand Léonine, déjà venue plusieurs fois, reparut près du [illegible]. Il était 9 heures du matin.

— Hélène, annonça Mme Grandjean, M. le Dr Croizier est en bas ; faut-il le faire monter ?

— Oh ! non, répondit Mlle Faverge avec un sursaut ; je descends ! Dites-lui d'attendre quelques minutes.

Déjà elle était debout et se mettait à sa toilette. Il y avait huit jours qu'elle n'avait vu le docteur, dont la visite, ce matin, la surprenait. Elle descendit, envahie par un trouble dont les causes étaient multiples.... Germain savait des choses qu'il ne voulait pas dire ; devant une question indirecte, posée par la malade pendant un court tête à tête, il s'était dérobé.... En somme, rien ne prouvait [illegible] que les paroles vagues murmurées par Germain sur le seuil [illegible] eussent trait au passé tragique.

Lorsque la jeune fille entra dans la cuisine, il était là, seul, [illegible] [illegible] au milieu de cette pièce déjà reluisante de propreté. Il se leva, salua Mlle Faverge qui le trouva changé, vieilli. Depuis leur dernière entrevue, Germain avait combattu un grand combat [illegible] en était sorti vainqueur, mais il lui semblait que c'était au prix de [illegible].

Quand Hélène l'eut introduit dans le cabinet voisin, le docteur [illegible] sur elle un regard pénétrant et attristé :

— Mademoiselle, je suis venu vous apporter un livre.

— Un livre ? répéta-t-elle en le fixant, abasourdie.

— Oh ! je ne plaisante pas ; jamais je n'en ai moins éprouvé [illegible], continua Germain, lentement. Tout à l'heure, vous saurez le pourquoi de cette démarche qui vous paraît si étrange. Mais veuillez [illegible], lire avec attention les passages soulignés.

Il [illegible] le volume ouvert. C'était *l'Homme*, d'Ernest Hello.

Mlle Faverge prit le livre en se demandant si elle rêvait. Puis elle [illegible] voix, scandant machinalement les mots.... Le docteur ne [illegible] pas des yeux.... Tout à coup, elle poussa une exclamation

[illegible] et [illegible], les jambes [illegible], en [illegible] [illegible]aire.

Un autre cri perçant, affreux celui-là, un cri de bête étranglée, [illegible] semble la vieille demeure. Puis c'est un grand fracas métallique, rappelant à Hélène ce qu'elle entendit au loin de son [illegible]. Le placard n'a plus de fond ; la jeune fille, penchée sous la [illegible] clarté de la lune, aperçoit un homme affaissé, les jambes dans un trou noir qui se creuse entre elle et lui, la tête et le tronc sur le plancher, de l'autre côté de la muraille. Autour de cette tête, quelque chose de clair s'éparpille. Mlle Favergé appelle de toutes ses forces :

— Monsieur Grandjean ! Monsieur Grandjean !

Pas de réponse.

Alors, elle descend, d'une allure de vertige, dans la cuisine où [illegible] et sa femme sont déjà debout.

— On a crié ! Qu'est-ce qu'il y a ? s'exclame Léontine.

— Venez ! venez ! répond Hélène, hors d'état de s'expliquer.

Les deux époux, suivis d'Angelina, se précipitent vers l'escalier.

— Non, par ici... Par la tour, ordonne la jeune fille.

Ils sortent en tourbillon ; Bernard, qui a entendu, arrive au galop. En un instant, le groupe, guidé par Hélène, atteint la chambre du vieillard, la traverse, et dans le petit grenier contigu, éclairé en plein par les rayons lunaires, un spectacle de cauchemar s'offre aux yeux [illegible] : un corps, émergeant d'une cachette noire, effondré dans [illegible] aux lueurs blêmes... Deux exclamations [illegible] s'élèvent, poussées par Angelina et par le fermier :

— La cachette du prêtre !

— De l'argent ! De l'or ! Qu'est-ce que ça veut dire ?

[illegible], absolument hébété, vient de saisir, près du trou, un pot [illegible] rempli de louis jusqu'aux bords, et les mains inertes du [illegible] dans un amas énorme de pièces blanches [illegible] d'une terrine brisée. Il y en a ! Il y en a ! Elles ont roulé [illegible], le plancher en est constellé. Les Grandjean, pétrifiés, se demandent s'ils vivent et répètent :

— Qu'est-ce que c'est que cela ?

— L'avarice, répond une voix claire.

Hélène est au milieu d'eux, toute blanche et comme immatérielle. [illegible] Bernard, elle ajoute :

— La clé du mystère !

Mais, pour le moment, quelque chose importe plus que toutes les [illegible] : il faut secourir cet être, misérablement [illegible] sur son [illegible]. Déjà il revient à lui, ses yeux roulent, épouvantés, dans leurs [illegible], ses lèvres tordues émettent des sons gutturaux ; ses bras se [illegible] dans la [illegible] de métal. Avec un effort surhumain, [illegible] articule :

[illegible]

ÉPILOGUE

[illegible]

Imp. Paul Feron-Vrau
3 et 5, rue Bayard
PARIS

www.ingramcontent.com/pod-product-compliance
Ingram Content Group UK Ltd.
Pitfield, Milton Keynes, MK11 3LW, UK
UKHW021827230726
13924UKWH00015B/1597

9 782019 932084